COLLECTION FOLIO

Brina Svit

# Une nuit à Reykjavík

Gallimard

L'auteur a bénéficié pour la rédaction de cet ouvrage
du soutien du Centre national du livre.

Brina Svit est née à Ljubljana, en Slovénie. Ses deux premiers romans sont traduits du slovène dans la collection « Du monde entier ». Elle est l'auteur de *Coco Dias ou La Porte Dorée* et *Une nuit à Reykjavík. Visage slovène* est son sixième livre écrit en français.

# 1

Lisbeth, es-tu sûre de ton coup ? Est-ce que tu veux vraiment payer un homme pour qu'il passe une nuit avec toi ? Un homme que tu connais à peine ? Ici, sur cette terre de glace et de feu ? Au milieu de nulle part ?

Elle jette un autre coup d'œil sur le paysage autour d'elle. Mais ce n'est pas un paysage. Il n'y a pas d'arbres, pas de champs, pas de maisons... Il n'y a rien. On dirait la lune, ce chaos volcanique à perte de vue, cette étendue noire recouverte çà et là d'une mince couche de neige. Pourtant c'est bien elle qui a voulu venir ici. Il fera froid et la nuit sera longue. Si déjà il faut qu'elle paie, autant que ça dure le plus longtemps possible. « Ce sera à Reykjavík », lui a-t-elle dit, il y a une semaine exactement, à Buenos Aires, sur le trottoir de l'avenue Scalabrini Ortiz, à quatre heures et demie du matin. Le jour commençait à se lever, et la canicule était toujours aussi humide et oppressante. Elle sentait une rigole de sueur couler sur son cou et entre ses seins. « C'est quel hôtel, Reykjavík ? » a-t-il demandé. Elle a détourné la tête pour qu'il ne voie pas le sourire moqueur au coin de sa bouche. « Ce n'est pas un hôtel, c'est une ville. Une ville loin d'ici. Je t'enverrai ton billet d'avion. »

Elle est arrivée vers une heure, midi, heure locale. L'hôtel, qu'elle avait réservé par Internet, avait l'air assez central. La chambre 47, au dernier étage, donnant sur la rue, le port au loin et beaucoup de ciel. Petite, carrée, austère, sans couleurs, mais tout à fait ce qu'il fallait : pas besoin de lithographies aux murs pour coucher avec un homme. Elle a tâté le matelas, posé la tête sur un oreiller : un peu trop mou, trop haut, mais ça allait. Elle a jeté un coup d'œil dans la salle de bains, carrelée jusqu'au plafond, avec une vraie baignoire et un miroir sur toute la longueur du mur : ça allait aussi. Puis elle a défait ses bagages et a rangé ses affaires dans le placard à côté du lit. Il n'y avait pas grand-chose dans son sac : un pull, une paire de collants, une petite robe noire pour aller dîner, un collier d'ambre jaune... Il n'en fallait pas plus pour une nuit, même si elle allait être longue, très longue.

Elle avait faim et voulait manger un morceau avant de retourner à l'aéroport. Elle aurait pu commander un sandwich et un café au bar de l'hôtel. Mais elle avait envie de se dégourdir les jambes et d'aller voir cette ville qu'elle ne connaissait pas. Toi, Betty, qui connaîs le monde entier, tu n'es jamais venue à Reykjavík ? se serait exclamée Lucie, avec sa voix douce et ironique à la fois.

Non, elle ne connaissait pas Reykjavík et n'était jamais venue en Islande, pensait-elle en remontant la rue de l'hôtel qui débouchait sur une petite place. Il faut dire qu'elle ne raffolait pas de ces capitales provinciales qui se réduisent à trois rues principales, gentiment bordées de petites boutiques, de cafés et de restaurants. Ni de ces maisons basses, recouvertes de tôle ondulée et peintes en couleurs vives. Ni de ce froid humide avec des rafales de vent âpre et glacial. Et encore moins de cette lumière incertaine et hésitante, à se demander si c'était le matin ou le soir.

C'était le matin. Ou mieux : il était midi et le jour venait de s'installer pour quelques heures. Il ne lui restait plus qu'à attendre la nuit.

« Tu n'es pas assez habillée pour notre climat... » lui a lancé une jeune Islandaise, assise à côté d'elle sur la banquette du restaurant, au coin de la rue principale. Cheveux courts, grosses joues, nez retroussé, portant deux pulls l'un sur l'autre et mangeant avec des mitaines, elle l'observait avec de petits yeux rieurs. C'est sûr qu'elle n'était pas assez habillée. Elle n'était pas bien chaussée non plus et ne comprenait pas grand-chose au menu islandais. Sauf qu'elle n'était pas venue à Reykjavík pour marcher sur les trottoirs gelés et n'avait pas vraiment envie de discuter avec la première joufflue assise sur la même banquette qu'elle.

Mais l'Islandaise a continué de plus belle, lui conseillant fermement le premier plat sur le menu, le moins cher et le meilleur, le poisson du jour, en Islande il faut toujours prendre le poisson du jour, disait-elle. Elle parlait un anglais parfait et tenait une boutique un peu plus loin, dans la même rue. Une boutique de lainages et d'objets divers, qui — depuis que l'Islande avait été secouée par la crise — marchait bien mieux qu'avant. Enfin, ce n'était pas une secousse, mais un tremblement de terre dont ils n'allaient pas se relever si tôt. En tout cas, avec la couronne islandaise qui ne valait plus grand-chose, les touristes achetaient plus volontiers ses pulls, écharpes et gants, c'était déjà ça.

Elle s'appelle Þóra Davidsdóttir, Þóra, c'est ça, son prénom s'écrit avec un *þ* islandais, mais se prononce Thora, le même son, *th*, comme en anglais, expliquait-elle très sérieusement. D'ailleurs son père est anglais, David, voilà pourquoi elle s'appelle Þóra Davidsdóttir, la fille de David. Les Islandais n'ont que des prénoms, le leur et celui de leur père. Si on veut la trouver dans l'annuaire, on doit chercher à *þ*, *þ* comme Þóra, la fille de David. Il faut dire que ce n'est pas le meilleur moment pour visiter ce pays, le deuxième week-end de janvier, juste après les fêtes, avec ces jours tellement courts, et la nuit qui commence à quatre heures de l'après-midi et se termine vers onze heures et demie le lendemain. Sauf si on aime ça, les longues nuits, les grandes promenades introspectives dans les paysages d'hiver, la neige, un lac d'un gris métallique au loin, une église avec un toit rouge, un petit cimetière avec quelques croix, piquées dans la neige... Sans parler de cette lumière du nord, très changeante, car le temps est capricieux en Islande. On ne sait pas comment il sera dans les cinq minutes à venir.

Lisbeth commençait à s'impatienter. Elle ne supportait jamais très longtemps ce genre de personnes affables et sans gêne, prêtes à vous envahir n'importe où et n'importe comment. Tout ce qu'elle voulait savoir — si déjà il fallait se farcir cette pipelette joufflue en pantalon orange — était comment trouver un taxi pour aller à l'aéroport : il devait bien y avoir une station non loin de là.

Mais la petite Þóra Davidsdóttir ne se laissait pas distraire, continuant avec la crise qui s'était abattue sur l'Islande et avait balayé en un jour toutes leurs certitudes. Étaient-ils vraiment un petit peuple heureux sur leur île, contents de leur sort ? Étaient-ils mieux lotis que les autres ? Leur avenir était-il radieux ? Non, trois fois non. Quant au taxi, ce n'était pas la peine de le chercher, elle pouvait lui prêter sa voiture. Ce n'était pas une Ferrari, mais elle roulait tout à fait bien, assez en tout cas pour aller à l'aéroport. D'ailleurs elle ne s'en servait presque pas, elle était garée derrière sa boutique, à trois pas d'ici...

Ainsi Lisbeth pourra-t-elle s'arrêter au bord d'une plage noire qui est sur la même route, enfin, presque... Elle va lui faire un dessin : la péninsule de Keflavík, un détour par la route 43 vers Grindavík, puis la 427 dans la direction de

Krisuvík. Il y avait un petit volcan, éteint bien sûr, une prairie jaune puis une plage au sable noir et aux grands rochers.

— Aujourd'hui, avec cette lumière et ce ciel, la mer sera mauve et les rochers très noirs. Ce sera inoubliable. Ce sera le début ou la fin du monde, à toi de décider, a-t-elle dit.

## 2

Elle regarde sa montre. Il est deux heures de l'après-midi, son avion arrive dans trois quarts d'heure, il lui reste à peu près quinze kilomètres jusqu'à l'aéroport. Et il faut se garer. Et c'est sûr que la vieille Fiat de Þóra n'est pas une Ferrari ou une 4×4 aux roues énormes, comme toutes celles qui sont en train de la doubler.

Alors elle ne croit vraiment pas qu'elle ait le temps de faire un détour par la plage noire. Ce n'est pas sur la route, elle ne comprend rien aux indications islandaises, pour ne rien dire de leur langue incompréhensible. Il fait froid et gris, un gris troué par-ci par-là du bleu du ciel. Le paysage autour d'elle est toujours aussi lunaire et désertique. Et puis elle n'est pas venue ici pour se promener sur les plages noires et se demander si c'est la fin ou le début du monde. Elle est venue pour... Elle s'oblige à terminer la phrase : elle est venue pour coucher avec un homme.

Elle jette un coup d'œil sur son visage dans le rétroviseur. Il faudrait qu'elle coupe sa frange. C'est trop long, beaucoup trop long, ça lui donne un air... Elle se regarde encore une fois : un air hagard, ahuri, dur. Si c'est trop court, c'est innocent et naïf comme Lucie. Si c'est trop long, c'est halluciné et minéral comme ce paysage autour d'elle. Sa frange doit venir à un demi-centimètre au-dessus des sourcils, pas plus, pas moins. Et les cheveux tomber jusqu'à la clavicule, droits, nets, impeccables. Elle a toujours voulu être droite, nette, impeccable. Pas avec la même veste en daim, le même pantalon, le même sac depuis vingt ans pour faire genre, comme sa sœur. Pas flamboyante et baroque comme Silvia. Pas non plus étriquée et tirée à quatre épingles comme Olga.

Soudain, en pensant à Olga et à sa question en partant jeudi soir : « Vous serez donc absente demain, madame Sorel ? Vous voulez vous reposer, je suppose ? Rester tranquillement chez vous ? », elle se rend compte que personne ne sait où elle est. Ni Olga, sa petite secrétaire qui aime bien mettre son nez dans ce qui ne la regarde pas. Ni Silvia, son amie suisse qui l'appelle trois fois par semaine pour lui raconter sa vie. Ni Lucie, évidemment. Et encore moins Marc, son amant depuis des années, marié et père de deux grands enfants, à la tête d'une affaire familiale de lutte contre la contrefaçon, une affaire juteuse, une affaire en or, parce que tout est contrefait dans ce monde, leur relation y compris. Même pas Mehdi, amant aussi, quoique occasionnel, très occasionnel, le seul à qui elle aurait pu dire qu'elle partait passer une nuit à Reykjavík.

Mais elle ne l'a pas fait. Personne ne sait qu'elle est en train de rouler à travers ce paysage inhumain et lunaire vers l'aéroport de Reykjavík dans une vieille Fiat rouge, prêtée par une certaine Þóra Davidsdóttir, pour aller chercher un homme qui va coucher avec elle. La Sorel, comme l'appellent ses collègues. Responsable de la clientèle affaires d'une grande compagnie aérienne, avec un agenda bien rempli et deux téléphones portables dans son sac. Droite dans ses bottes, exigeante, inflexible, pas facile tous les jours, disent-ils derrière son dos. La voilà en train d'arriver, c'est bien l'aéroport qu'elle voit au loin.

Elle jette un dernier coup d'œil dans le rétroviseur : un peu fatiguée, pas assez dormi, les yeux cernés, mais ça va aller, Lisbeth, ça va aller, se dit-elle comme toujours quand elle doit affronter quelque chose.

Son avion, venant de Stockholm, n'affiche pas de retard. Si tout va bien — et dans un petit aéroport comme celui-ci, tout doit bien aller —, l'homme qu'elle est venue chercher sera là, devant elle, dans quarante minutes. Elle a donc tout son temps pour boire un café et faire un tour dans cet aéroport qu'elle ne connaît pas.

C'est parfait, se dit-elle, elle aime bien déambuler dans les aéroports, surtout presque vides et perdus au milieu de nulle part comme celui-ci. Prendre un verre de chianti à neuf heures du soir au Marco Polo désert de Venise... S'assoupir sur trois sièges en face de grandes baies vitrées à

Montréal... S'acheter un vase de Alvar Aalto à Helsinki... Écouter Vladimir Visocki à Saint-Pétersbourg... Regarder le ciel devenir rose, puis violet, puis bleu profond avant d'embarquer à Buenos Aires... Faire une expérience métaphysique dans les couloirs sans fin à Francfort... Apprendre la méditation transcendantale à Tirana... Manger des nouilles sautées à Honk Kong... Être triste à Trieste... Ou même : attendre un homme à Reykjavík.

# 3

C'est ça, attendre un homme à Reykjavík, pense-t-elle, observant des gens qui, comme elle, font les cent pas devant *Komurfarpegar,* « arrivée » dans une langue compréhensible. Une jeune famille, père, mère et trois enfants, attendant sans doute grand-père ou grand-mère. Un mari, un Viking roux en gros pull rouge, sa femme. Un autre Viking, sa copine, non, son copain plutôt. Une petite blonde, qui n'a rien d'une Islandaise, son amoureux, c'est sûr, ça se voit sur son visage bêtement béat. Et puis tous ceux qui tiennent un carton avec un nom écrit dessus. *Florian Esser,* lit-elle. Ou *Agneta Stefansdóttir.* Ou *The Islandic Symphony Orchestra.*

Elle devrait se mettre à côté d'eux, un carton à la main. Eduardo Ros. C'est son nom. Un Argentin au front têtu, nez busqué et regard fier, même s'il ne fait pas très argentin. Il doit avoir du sang italien, espagnol... Ou même un peu slave, avec sa peau claire et ses pommettes hautes. Mais elle n'a pas besoin de carton. Elle le reconnaîtra de loin à sa démarche coulée, à son assurance nonchalante de danseur de tango, habitué aux bras des femmes.

Il va arriver d'un moment à l'autre par ce *Komurfarpegar,* d'ailleurs les premiers voyageurs en provenance de Stockholm commencent à sortir. L'équipage d'abord, pilote, chef de cabine, hôtesses de l'air, puis tous les autres... Le grand-père, le voilà, elle avait raison, la petite famille attendait bien le grand-père, et Florian Esser, c'est lui, un expert financier, c'est sûr, flanqué d'un lourd attaché-case... Et Agneta Stefansdóttir ne doit pas être bien loin non plus, et voici les musiciens qui arrivent, la plupart poussant de lourds caddies remplis de bières, vins et autres alcools sous leurs instruments, ayant fait tous un détour par le duty free d'arrivée. Et la petite blonde qui commence à s'affoler comme si son tourtereau pouvait s'égarer dans les couloirs ou passer devant elle sans la voir. Le voilà qui s'approche, c'est lui, ça ne peut être que lui, ce regard bleu allumé, ce sourire éperdu, ces bras affamés qui s'ouvrent, et elle qui enfouit son visage dans son cou, et lui qui la tient contre lui... Lisbeth détourne la tête. C'est ridicule, insupportable, elle ne va pas continuer à regarder ça, elle n'en peut plus d'être là, elle n'en peut plus d'attendre...

D'autant plus que c'est peut-être pour rien, pense-t-elle soudain, sentant une vague inquiétude tourner au vif. Il ne s'est pas perdu dans les couloirs de l'aéroport avec ces indications islandaises que personne ne comprend. Il n'est pas passé par le duty free pour faire le plein de bière. Il n'est pas en train d'arriver. Parce que peut-être, oui, c'est ça, bien sûr, elle aurait pu y penser plus tôt... Parce qu'il n'est tout simplement pas monté dans l'avion qui vient d'atterrir, ni dans celui de Buenos Aires d'ailleurs. Il n'est même pas parti de chez lui. Il a déchiré son billet d'avion, il l'a jeté à la poubelle, il n'en a pas besoin, ni de son billet, ni de son argent, qu'est-ce qu'elle croit?... Elle ne va pas s'imaginer qu'il va courir de l'autre côté de la terre, à Reykjavík — au début, il ne savait même pas où c'était, il croyait qu'un nouvel hôtel à Buenos Aires portait ce nom — simplement parce qu'elle lui avait fait une proposition alléchante? Dix petits billets... Dix petits billets de cinq cents euros? Ce n'est quand même pas pour dix billets de cinq cents euros qu'il va se plier aux désirs d'une femme qu'il a croisée à un bal de tango et qui ne sait même pas danser?

Elle sent les petites gouttes de sueur envahir ses tempes et son cuir chevelu comme toujours quand elle est dépassée, contrariée ou piquée au vif. Sans trop réfléchir à ce qu'elle fait, elle se met à suivre le groupe des musiciens de l'orchestre symphonique islandais qui se dirigent vers la sortie. Et c'est presque déjà dehors qu'elle sent une main se poser sur son épaule, et entend une voix lui dire : « Betty ».

# 4

Il est arrivé avec un sac à dos, un anorak et des tennis aux pieds, le tout assez ridicule, surtout son anorak noir à capuche entourée de fausse fourrure, qu'il n'a pas enlevé pendant tout le trajet en Fiat rouge.

J'ai froid, répétait-il, tassé sur son siège, les mains entre les cuisses comme s'ils étaient au pôle Nord et roulaient fenêtres ouvertes. C'était à peu près tout ce qu'il avait dit pendant le voyage de l'aéroport jusqu'à l'hôtel. Qu'il avait froid, très froid, il ne savait pas qu'on pouvait avoir froid à ce point-là. Il avait dormi pendant le second vol, mais pas le premier, il avait regardé des films, plusieurs films d'affilée, jusqu'au matin et l'arrivée à Stockholm. Il ne lui a pas demandé pourquoi elle ne l'avait pas attendu. Et c'était tant mieux, parce qu'elle n'aurait pas répondu. Elle n'allait pas lui raconter qu'elle avait été soudain prise de panique, alors qu'elle avait tout prévu. Elle a réservé les deux vols, avec juste ce qu'il fallait de décalage entre l'arrivée des deux avions. Elle a réservé l'hôtel. Elle est allée à la banque chercher de l'argent, a fait décommander tous ses rendez-vous, débrouillez-vous, Olga, c'est votre travail. Une fois à Reykjavík, elle s'est même fait prêter une voiture par une agitée en pantalon orange qu'elle a écoutée patiemment pendant au moins une heure, la crise financière, la faillite de l'île, la lumière d'hiver, les plages noires, le début ou la fin du monde... Elle a roulé jusqu'à l'aéroport de Keflavík, est descendue aux toilettes, s'est remaquillée, a attendu devant *Komurfarpegar,* il y avait plein de monde, un couple d'amoureux transis... Et puis, soudain, au moment où il devait être en train d'arriver, elle s'est laissé entraîner par un groupe de musiciens comme si elle voulait sortir de cette nuit avant même qu'elle ne commence.

Ce n'est qu'une fois dans la chambre d'hôtel qu'elle se tourne enfin vers lui. Il a fini par enlever son blouson, il l'a posé sur le lit et s'est assis à côté. Il a changé. Enfin, elle ne le voyait pas comme ce type en jean délavé, vieux col roulé, barbe de trois jours, yeux cernés, assis bêtement à côté de son sac à dos, tripotant un petit briquet jaune comme s'il allait allumer une cigarette. À Buenos Aires, il portait une chemise blanche, un pantalon noir et des chaussures de danse. Et il avait quelque chose de luisant et d'insolent dans les yeux.

— Ne m'appelle plus comme ça... dit-elle soudain, en repensant à la scène de l'aéroport.

— Comment ?

Il lève la tête vers elle comme s'il ne savait pas de quoi elle parlait.

— Je m'appelle Lisbeth.

— C'est pareil, Betty ou Lisbeth...

— Non, ce n'est pas pareil.

— Si, *más o menos*...

— Non, pas *más o menos*...

Il n'a pas la même voix non plus. Elle est plate, traînante, sans charme. Et puis c'est quoi, ce *más o menos* nonchalant ? Ce n'est pas à lui de décider comment il faut l'appeler. Il ne va pas faire comme Lucie, sa petite sotte de sœur, qui ne l'a jamais appelée autrement. C'était Betty, tout le temps et partout, comme si elle avait toujours douze ans et qu'elle venait la chercher à son cours de piano. Ils habitaient à Strasbourg, leur père avait un cabinet de pédiatre, leur mère travaillait avec lui, sauf quand elle tombait en dépression et ne voulait pas se lever du canapé, ce qui arrivait quand même souvent. Alors c'était à la grande d'aller prendre la petite à son cours de piano. Une brindille qui avait l'air d'un garçon, toujours pendue au bras de son père ou perchée sur une marche d'escalier, à observer ce qui se passait en bas. Une gamine curieuse, rêveuse, fantasque, habitée par des frayeurs incompréhensibles et inexplicables. La moindre chose pouvait lui faire peur. Si elle ne voyait pas sa sœur en bas de l'escalier en sortant de sa leçon de piano, c'était tout de suite la panique noire : Betty, Betty, Betty, Betty, Betty... répétait-elle à l'infini, s'agrippant au bras de la grande sœur. C'était tout ce qu'elle pouvait sortir comme mot.

Pas Betty alors. Ce n'est pas pareil justement. Mais il ne peut pas le savoir. Il ne sait rien d'elle, à part qu'elle vit à Paris, qu'elle est à moitié française, à moitié allemande. Enfin, c'est encore plus compliqué, son père était moitié allemand, moitié italien, et sa mère française avec du sang flamand. Il doit être au courant qu'elle travaille pour une compagnie aérienne, elle a entendu Silvia prononcer « Lufthansa » en parlant d'elle. Il s'imagine qu'elle a quelques années de plus que lui, sept, huit, neuf... Mais ça n'a aucune importance. Bientôt, avec la vie qu'il mène et la bière qu'il s'envoie, ça ne se verra même plus, il aura pris du ventre, un double menton, de gros cernes sous les yeux... Bien vieillir est aussi une question d'intelligence. En attendant, il pourrait se lever, il ne va pas rester là, les mains sur les genoux comme s'il ne savait pas quoi en faire.

Il pourrait s'approcher. Il pourrait se mettre à côté d'elle à la fenêtre pour jeter un coup d'œil sur la ville. Il y a une rue qui court devant l'hôtel, bordée de maisons basses, peintes en couleurs vives. Une esplanade un peu plus loin, avec une statue en bronze au milieu, plusieurs même. Des mâts de bateaux de pêche au loin. Puis ce grand ciel qui commence à s'assombrir, à passer par une violente palette de mauve, jaune, bleu, et gris.

C'est donc la tombée du jour en plein après-midi. Bientôt on ne distinguera plus grand-chose, il fera nuit. Il est à Reykjavík, ce qui ne doit pas lui arriver souvent. Il y a une semaine, il ne savait même pas ce que c'était. Alors il ne va pas rester là, posé bêtement sur le bord du lit, à côté de son sac à dos et son anorak à capuche comme s'il devait repartir dans les dix minutes. Il pourrait les suspendre dans le placard : son anorak sur le cintre à côté du manteau de Lisbeth, le sac à dos sur l'étagère au-dessus.

— Il y a un placard, si tu veux... dit-elle en montrant du menton les portes du placard mural à côté de la salle de bains.

— Placard ? Quel placard ? demande-t-il.

— Là, devant toi. *Un armario.*

Il le fait exprès. Il fait exprès de la regarder comme s'il ne comprenait pas. Pourtant elle parle bien, mieux que Silvia en tout cas, qui va à Buenos Aires une fois par an. Douée pour les langues, polyglotte, perfectionniste, elle prononce comme il faut, avec le *r* roulé et l'*h* aspiré. Elle ne baragouine pas, elle parle correctement, avec tous les subjonctifs, le passé simple et l'accent argentin s'il le faut. En plus, elle aime ça, les langues. C'est le meilleur dépaysement qu'elle connaisse : rien de mieux que de parler un idiome étranger pour se sentir une autre.

Alors, si on veut la comprendre, on peut. Si on veut faire un petit effort et ranger ses affaires, on peut aussi. Si on est prêt à un minimum de conversation quand on est censés passer la nuit ensemble, c'est pareil. Ça ne va pas aller comme ça, Lisbeth. Tu ne vas pas commencer à t'énerver à cause d'un vieux sac à dos et d'un anorak ridicule, posés sur le lit d'une chambre d'hôtel. Il faut que tu te calmes. Il faut que tu reprennes tout de zéro. Va prendre une douche, ferme les yeux, laisse couler l'eau sur toi... Ça va te faire du bien.

# 5

Elle s'examine dans le miroir en face pendant que l'eau ruisselle sur sa peau. Elle a un peu maigri, ce qui n'est pas étonnant après les semaines qui viennent de s'écouler. Son ventre a perdu son petit bombé, ses hanches se sont affinées : avec deux ou trois kilos de moins et la peau bien ferme sous l'effet de l'eau froide, c'est quasiment parfait. Son long cou, ses épaules bien sculptées, les bras comme il faut, les seins, petits, d'accord, mais tout à fait irréprochables. Le ventre presque plat, la courbe androgyne des hanches et des fesses, les cuisses fuselées, à surveiller, bien sûr, ne pas s'endormir sur ses lauriers... Ses jolis pieds, avec de jolis ongles vernis. Seuls les mollets ne vont pas. « Pourquoi portes-tu tout le temps des bottes, même en été ? » lui a demandé Mehdi un soir, étendu à côté d'elle sur son lit à Bois-Colombes, la contemplant comme si elle était une plante exotique. Il n'avait pas tort : elle est exotique par rapport à lui et leur relation l'est tout autant. D'ailleurs, ce n'est pas une relation, c'est une anecdote, cette histoire, une anecdote qui se poursuit. « Tu n'aimes pas tes jambes ? Tu les caches ? Tu ne veux pas les montrer, c'est ça, mon chou ? »

Elle s'essuie devant le miroir, posé en longueur sur tout le mur. Ses lunettes dans son sac, elle ne peut procéder à l'inspection de son visage, et c'est tant mieux. Ce soir, elle n'a pas spécialement envie de contempler les deux rides qui se creusent de chaque côté de la bouche. Ni celles qui barrent le front ni les nouvelles qui apparaissent chaque jour. Sans parler des taches de pigmentation, qui, comme les rides, s'installent sournoisement, sans crier gare. Pourquoi doit-elle vivre avec cette chose marronnâtre au-dessus de son sourcil droit ? Ou avec la série de trois petites crottes sur la joue ? Et la quatrième, plus bas, vers la bouche, presque espiègle, comme si elle voulait jouer à la Petite Ourse sur son visage ? Qui leur a demandé d'être là ? Qui a demandé à son cou de commencer à se flétrir ? À son menton de se relâcher et de gâcher le joli ovale de son visage, même si elle fait des exercices pour le muscler, tous les matins, après s'être brossé les dents, elle pousse la mâchoire contre son poing droit et tire la langue en essayant de toucher son nez... Elle déteste ce combat ridicule contre le temps et la gravité, vain et perdu d'avance. Et pourtant, tous les matins, même en voiture, même en avion, elle n'oublie pas de tirer la langue et de toucher son nez avec. Lisbeth est déterminée et sait ce qu'elle veut, disait sa mère. Tandis que Lucie... Lucie, c'est autre chose, ajoutait-elle d'un air vague et désarmé.

Lisbeth est déterminée et sait ce qu'elle veut, tandis que Lucie... C'était tout le temps la même rengaine. Il faut dire que Lisbeth faisait plutôt ce qu'on attendait d'elle. Elle travaillait bien à l'école, aidait sa mère, et non seulement pour les courses ou pour aller chercher sa sœur au piano, mais aussi plus tard, quand son père avait commencé à se taper un verre régulièrement. Eh oui, un médecin alcoolique, un pédiatre, un pédiatre recherché et respecté qui s'imbibe de vin rouge tous les soirs, ça existe. Et qui envoyait-on à la recherche du père pendant sa tournée des bars ? Qui accompagnait le docteur Boris Sorel le matin dans le premier bistro ouvert en ville à s'envoyer deux, trois verres d'alcool pour arrêter de trembler et pouvoir aller au travail ? Qui l'attendait au volant de la voiture, regardant ailleurs, se jurant que c'était la dernière fois : tous les matins c'était la dernière fois, jusqu'au jour où la voiture de son père a heurté un poteau en béton avant de faire plusieurs tonneaux et de s'aplatir sur une départementale sans histoires, à vingt minutes de Strasbourg. Et qui s'est occupé de leur mère, dépressive chronique et toujours à côté de la plaque, morte six mois après leur père d'une pneumonie virulente ? Et cette petite morveuse de Lucie qui avait seize ans et demi à l'époque, qui ne portait pas encore sa veste en daim avec un survêtement bleu à capuche en dessous, mais déjà son appareil photo en bandoulière ? Qui l'a fait venir à Paris, dans son deux-pièces rue Paul-Bert, ajoutant un autre LS sur la porte ? Qui l'a inscrite au lycée trois rues plus loin ? Qui ne manquait pas les réunions de parents d'élèves ni le spectacle de danse de fin d'année ? Qui téléphonait régulièrement à son prof de maths pour dire qu'il y avait peut-être autre chose dans la vie que l'algèbre et la géométrie et que ce n'était pas la peine de s'acharner sur... non, pas sur sa fille, sur sa sœur ? Qui remplissait le frigidaire, principalement de yaourts, de fromage blanc et de pommes, parce que la demoiselle avait des phobies alimentaires ? Qui pouvait camper des heures entières devant la porte de sa chambre pour essayer de comprendre ce qui se passait avec la frangine qui s'enfermait à clé dans ses crises de mutisme en répétant qu'elle écoutait Rachmaninov ? Qui a acheté tous les disques de son Rachmaninov, ses nocturnes, ses sonates, ses concertos pour piano et orchestre, sans oublier la *Rhapsodie sur un thème de Paganini*, pour qu'on n'en parle plus, pour qu'elle sorte enfin de la chambre et qu'on arrête ? Qui se farcissait ses bronchites à répétition, qui l'envoyait chez le dentiste, la forçait à aller à la piscine, l'emmenait au bord de la mer en Bretagne et le dimanche après-midi au cinéma en répondant à ses amis la plupart du temps : « Je ne peux pas, je suis avec ma sœur... » ? Qui ne râlait qu'à moitié contre le fait que la salle de bains était régulièrement transformée en chambre noire et la chambre de Lucie en souk, et maintenait malgré tout un semblant d'ordre dans la maison ? Qui a fait le chèque chaque fois que sa petite sœur, tête en l'air, perdait ses clés ? Et enfin, qui avait bien voulu que Martin, son petit ami, son sujet en or, le miracle de la Sainte-Cécile, comme elle disait avec un air béat, commence à dormir rue Paul-Bert ?

On pouvait compter sur Lisbeth, c'est sûr. Et en même temps on se payait le luxe de dire qu'elle était autoritaire, rigide, voire despotique, tandis que Lucie...

Eh oui, Lucie, c'est sûr, ce n'était pas la même chose. Elle était plus douce, plus innocente, plus rêveuse, plus fantasque, plus originale... Plus artiste, quoi. Photographe, rien de moins. Cette gamine, qui pouvait passer des heures et des heures sur les marches du salon de leurs parents à observer le petit monde sous ses yeux, a déclaré un soir qu'elle voulait devenir photographe. Enfin, non, elle a dit qu'elle était photographe, point à la ligne.

Il faut dire que ça n'avait pas l'air si compliqué que ça. Ce n'était pas comme composer une symphonie, sculpter un buste ou écrire un roman. Lucie, en tout cas, ne faisait que se promener. Pendant que Lisbeth terminait ses études de langues étrangères appliquées et de commerce international, la petite se baladait avec un appareil photo autour de son cou ou, mieux encore, traînait dans les cafés du matin au soir. C'était sa première vraie série : les cafés parisiens. Celle qui a précédé les salons de coiffure et, un peu plus tard, les bancs publics. Des photos de la vie quotidienne. Rien d'extraordinaire, à vrai dire. Un homme et une femme devant leur petit noir, chacun plongé dans ses pensées, la femme surtout, ses mains posées sur la table comme un constat. Ou le vieux barman, avec sa cravate noire et sa cigarette au bec — on est dans les années quatre-vingt —, essuyant une bonne douzaine de verres, disposés en cercle. Ou la statue de Simón Bolívar, la fameuse double enfilade des marronniers le long de la Seine avec, au premier plan, un homme en costume, pochette, manteau trois-quarts, belles chaussures, portant dans ses bras un chien. Fameuse, parce que Lucie a envoyé la photo à un concours et a gagné un prix, peut-être pas le premier, elle ne s'en souvient plus, mais un prix quand même, un prix qui lui a rapporté un peu d'argent et lui a ouvert quelques portes.

C'est à partir de ce chien — en réalité, plus on regarde la photo, moins on comprend ce que ce gros chien mou peut bien faire dans les bras d'un homme habillé avec autant de soin — que ça a décollé pour Lucie. Elle a eu quelques commandes comme celle d'une maison de retraite en Bourgogne pour laquelle elle a réalisé une série de portraits de vieux, mes petits vieux, disait-elle, assis, regard dans l'objectif, comme la plupart de ses portraits depuis. Il n'y a pas de portrait sans regard, disait-elle. En tout cas, elle a commencé à gagner assez d'argent — Lisbeth était toujours très à cheval là-dessus — pour pouvoir prendre un appartement pour elle toute seule. Mais visiblement, et malgré les énervements de sa grande sœur qui n'était pas à cheval que sur l'argent, mais aussi sur son désordre chronique, son incapacité à jeter, trier, ranger, elle semblait apprécier leur vie d'orphelines, comme elle disait. Non, elle disait : Les dieux des orphelines sont avec nous. Ou bien : Les dieux du ménage ne m'aiment pas. C'était sa façon de s'exprimer, aussi insupportable que son bazar perpétuel. Laisse tomber tes dieux et range la cuisine, ça ne va pas te défriser, lui répondait Lisbeth. Elle disait aussi : Les dieux des rencontres. Ou les dieux des hasards. Les dieux de la photo. Les dieux de l'instant magique.

Elle avait vingt-cinq ans, les cheveux courts, la peau fine, une belle bouche qui semblait flotter sur son visage, le nez en trompette et des yeux bleus trop écartés. La plupart du temps, elle s'habillait en pantalon, chaussures plates et vieille veste en daim. Plus grande que Lisbeth, menue, penchant la tête sans raison, elle était plutôt jolie. Ou mieux encore : c'était à cet âge qu'elle était la plus jolie. Plus tard, son visage a perdu sa netteté, ses yeux leur bleu tranchant. Mais à vingt-trois ans, le sourire lumineux de cette fille timide et ardente devait avoir quelque chose d'irrésistible.

Il faut le croire en tout cas, parce que c'était à ce moment-là qu'elle était tombée sur Martin. Enfin, c'était à ce moment-là, un jour d'été, en Bretagne, que Martin Canto, violoniste dans l'orchestre de Radio France, s'était retrouvé devant l'objectif de Lucie Sorel. Le miracle a eu lieu dans une petite chapelle romane, portant le nom de Sainte-Cécile, où Martin répétait avec son quatuor à cordes un concerto de Vivaldi. Lucie, en vacances dans la région, s'y est arrêtée en passant. Elle s'est mise à la photographier, la chapelle, les jeux de vitraux sur les murs nus, le quatuor, et le violoniste, surtout le violoniste... En fait, il est devenu son sujet avant d'entrer dans sa vie, quelques jours plus tard, après le concert dans la chapelle. Il s'est approché de la grande fille timide qui l'observait de loin. On s'est déjà vus quelque part? On se connaît?

C'était un brun aux sourcils clairs, presque dorés, visage sensuel et fier, trapu, musclé, rieur, séducteur, plutôt sûr de lui, en un mot : pas vraiment son genre. C'est ça, se disait Lisbeth un matin dans la cuisine rue Paul-Bert, quand il a enlevé son tee-shirt et lui a demandé de lui couper les cheveux : il n'est pas son genre, c'est plutôt le mien, c'est un homme pour moi. Mais c'était il y a longtemps et elle n'en peut plus de penser à sa sœur. Depuis des semaines, elle ne fait que ça du matin au soir, et la nuit, surtout la nuit.

Elle commence à avoir froid. Ses tétons ont durci et lui font presque mal. Elle devrait sécher ses cheveux, mettre de la crème sur son visage et s'envelopper dans l'un des deux peignoirs blancs suspendus derrière elle.

Non, non, pas de peignoir, quelle idée, se corrige-t-elle aussitôt, elle ne va quand même pas descendre à la piscine. Il y a un homme qui l'attend à côté et doit se demander ce qu'elle peut bien fabriquer depuis tout ce temps-là. Alors elle ferait bien de se dépêcher, ça fait un moment qu'elle est enfermée dans la salle de bains. Se rhabiller. Remettre son soutien-gorge, balconnet en tulle floqué, gansé de velours. La culotte qui va avec, simple, décevante par rapport au soutien-gorge, mais idéale pour ses fesses. Sa jupe noire, sévère si l'on veut, un brin démodée comme sa culotte, tout en étant parfaite. Surtout avec ce pull bleu nuit qui découvre l'arrondi de ses seins, et avec ses bottes à petits talons aiguilles de cinq centimètres, portés sans collant ce soir. Parce qu'elle veut garder les jambes et les cuisses nues sous sa jupe noire.

Se rhabiller pour pouvoir se déshabiller. Ou mieux encore : pour ne pas se déshabiller. Rester habillée. Rester habillée sur un homme nu. Une femme habillée avec soin, sur un homme déshabillé avec soin. Ça pourrait être un début, non ? Est-ce que c'est ça que tu veux, Lisbeth ? Est-ce pour ça que tu es venue ici, à Reykjavík, sur cette île de glace et de feu ?

## 6

Non, ce n'est pas vrai. Il ne va pas lui faire ça ! Il ne peut pas, c'est impossible. Pas à elle, pas ici, pas maintenant. Ils ne sont pas venus sur cette île paumée pour ça.

Mais ça ne sert à rien de crisper la bouche et de rester collée à cette porte comme une idiote : il l'a fait. Il a rangé son sac à dos, son anorak, son briquet jaune — en tout cas, ils ne sont plus là —, il a retiré ses tennis, il n'a pas défait le lit, il a juste tiré sur lui la couverture à carreaux. Et il s'est endormi.

Ça commence bien. Quel enthousiasme, quel sens du timing ! Quelle galanterie aussi ! Elle n'a jamais vu ça : un homme qui s'endort avant de se mettre au lit avec elle. Surtout qu'ils sont venus ici pour ça : pour coucher ensemble. Mais il y a toujours une première fois à tout. Voilà, c'est la première fois qu'on lui manifeste autant d'ardeur. À y réfléchir, c'est presque drôle, même si elle n'a pas envie de rire, non. Il faudra qu'elle aille voir ça de plus près.

Parce que finalement, elle ne l'a pas encore

vraiment regardé, se dit-elle en s'approchant du lit. À l'aéroport, elle a fui ses yeux, marchant loin devant lui et faisant celle qui ne savait plus où elle avait garé la voiture. Dans la voiture, elle a conduit. Une fois arrivée dans la chambre d'hôtel, elle n'a fixé que son anorak et son sac à dos, posés sur les draps blancs et la couverture à carreaux.

Et maintenant il est là, couché devant elle. Il dort, calmement, profondément, visage écrasé sur la joue, bras croisés sur la poitrine comme un gamin, couvert jusqu'aux épaules. Elle peut s'asseoir à côté de lui et le contempler enfin comme elle veut. Eduardo. Eduardo Ros. Lisbeth. Lisbeth Sorel.

C'est Silvia qui a fait les présentations. Silvia, son amie suisse, fonctionnaire dans une institution internationale à Genève. Une fausse rousse, grosse poitrine, belle peau, mais mal fagotée, en jupes à fleurs et des bijoux partout, un sapin de Noël douze mois sur douze. Mère de deux fils adultes, divorcée, remariée, redivorcée. Infatigable, dévouée, mais aussi susceptible, sans humour et difficile à dérider. Et moralisatrice avec ça, évoquant ses valeurs et ses principes à tout bout de champ comme tous ceux qui n'en ont pas. Une de ces femmes seules qui se découvrent une passion pour le tango à cinquante ans et ont assez de moyens pour se payer un séjour ou deux par an à Buenos Aires pour se sentir femme, enfin, Silvia le dit avec ces mots : « Pour retrouver la féminité en moi. »

C'était donc une idée de Silvia, Buenos Aires, le salon Caning sur Scalabrini Ortiz, Lisbeth voulait rester chez elle et ne voir personne.

« Mais non, tu ne peux pas rester toute seule après la mort de ta sœur. Tu ne vas pas continuer à tourner en rond. Ça ne ressemble à rien. Il faut que tu te changes les idées. Parce que la vie continue, Lisbeth, je ne t'apprends rien... lui répétait-elle au téléphone avec sa voix perçante. Viens me voir à Buenos Aires. Ne me dis pas non, s'il te plaît. Tu ne paies pas l'avion, et tu adores les vols de nuit. J'ai loué une jolie maison dans le quartier de Palermo, pas loin de la place d'Italie, pour tout le mois de janvier. J'ai envie de me mettre sérieusement au tango. Il va faire chaud, c'est l'été, mais la maison est climatisée et il y a une piscine... »

Elle n'aurait pas dû y aller. La maison était moche, la climatisation ne marchait pas et la piscine, oh, non, cette grande baignoire bleu ciel dans le jardin, donnant sur un immeuble de vingt étages, ne méritait vraiment pas le nom de piscine. Sans parler du fait qu'elle ne supportait pas la chaleur humide et étouffante de Buenos Aires ni son bruit assourdissant, elle n'arrivait pas à dormir et continuait à penser à Lucie. « Tu devrais venir avec moi. Je sais bien que tu n'aimes pas le tango, mais au moins ce sera climatisé... » lui répétait Silvia en la quittant pour aller danser.

Le troisième soir, épuisée par ses mauvaises nuits et les pensées qui tournaient à vide, elle a fini par accepter. Elles se sont donc habillées, coiffées, maquillées, parfumées... Silvia surtout, Lisbeth a mis son pantalon noir, un tee-shirt en soie, et s'est fait un chignon serré sur la nuque. Elles ont fait venir un taxi et sont arrivées devant le salon Caning sur Scalabrini Ortiz toutes ramollies d'une chaleur qui, même la nuit, ne semblait pas vouloir lâcher prise.

Il les attendait devant la porte, mains dans les poches, veste sous le bras et sourire désinvolte aux lèvres. Il les a embrassées toutes les deux comme s'ils se connaissaient depuis longtemps, enfin pour Silvia c'était visiblement le cas. « C'est un *taxi dancer*, lui a-t-elle dit à l'oreille pendant qu'ils avançaient dans un long couloir qui menait à la salle de danse. — *Taxi dancer*? — Je le paie pour qu'il danse avec moi. Et il est parfait, tu verras... Parfait... » continuait-elle à s'extasier quand ils se sont installés à une table au fond de la grande salle de danse et ont commandé trois coupes de champagne à un garçon indien aux cheveux luisants, attachés en une longue tresse jusqu'aux fesses.

« Est-ce que tu as vu son toucher de sol ? Son *abrazo*, souple et ferme à la fois ? Ses *giros*, ses *sacadas*? Et sa *caminada*? Personne ne sait marcher comme lui. Personne, Lisbeth, crois-moi... » chuchotait-elle, excitée, rayonnante, le front et la poitrine perlés de sueur, quand ils revenaient s'asseoir à table et boire quelques gorgées de champagne.

Quel toucher de sol, quel *abrazo*? Quels *giros*, *sacadas*, *caminadas*? De quoi parlait-elle ? Comment fallait-il lui expliquer que ça ne l'intéressait pas, le tango, et qu'elle ne comprenait rien à cette danse? Elle ne pourrait jamais se pointer sur la piste, enlacer un inconnu, appuyer sa tête contre sa joue dégoulinante de sueur, fermer les yeux et se laisser entraîner dans une quelconque *caminada, sacada, giro* ou autre chose de semblable.

D'ailleurs, elle ne savait pas ce qu'elle faisait dans cette grande salle ringarde, devant ce verre de faux champagne, parmi tous ces vieux et moins vieux portant beau, et ces femmes mal attifées qui s'y croyaient, comme Silvia dans sa jupe fendue, son caraco noir au dos nu et ses innombrables bracelets qu'elle faisait cliqueter comme si on ne la voyait pas assez. Seul le serveur indien à la longue tresse luisante trouvait quelque grâce à ses yeux.

Ce n'était donc pas la peine de lui demander quoi que ce soit au sujet de son bellâtre de danseur. Elle ne savait même plus comment il s'appelait, pensait-elle, quand ils se sont retrouvés seuls à table pendant que Silvia se remaquillait aux toilettes. Il avait chaud. Il a retroussé ses manches et a posé ses avant-bras nus sur la table, tout en l'observant avec un regard intrigué et provocant. Une étrange odeur mêlée de transpiration, de tabac et du parfum de Silvia émanait de lui.

— On m'appelle Ros, a-t-il dit au bout d'un moment, comme s'il pouvait lire dans ses pensées.

— Ros, a-t-elle répété après lui, persuadée que

c'était le premier et dernier mot qu'ils allaient échanger.

Elle n'avait aucune intention de bavarder avec lui. Elle voulait se lever, prendre un taxi et rentrer. Ça suffisait comme ça, ce salon de danse suranné, le tango, ces textes sentimentaux et pleurnichards, cette musique qui veut vous tirer des larmes. Même lui, sa chemise trop blanche, trop beau, trop sûr de lui.

— Ros... a-t-il acquiescé, tout en continuant à la fixer avec le même regard enveloppant et insolent.

— Est-ce que tu te fais payer pour autre chose que pour danser ? a-t-elle demandé soudain, une lame métallique dans sa voix, comme quand elle veut trancher ou être désagréable.

— Ça dépend... a-t-il répondu, laconique.

— Ça dépend de quoi ? a-t-elle continué.

— Ça dépend si c'est bien payé.

— Et c'est quoi, bien payé, pour toi ?

— Cinq mille...

— Cinq mille ?

Elle ne comprenait pas.

— Dix billets de cinq cents euros, a-t-il lâché, imperturbable.

— D'accord... a-t-elle dit, voyant Silvia s'approcher entre les tables.

— D'accord quoi ? a-t-il fait, s'avançant encore un peu plus vers elle.

— Ça marche, a-t-elle dit comme si c'était la seule réponse possible.

— Qu'est-ce qui se passe ? a demandé Silvia en s'asseyant.

— Je vais fumer une cigarette, a-t-il dit en se levant et en poussant sa chaise.

Elle aurait pu en rester là, commander un autre verre de champagne, insipide et doucereux, qui l'aurait détendue, fait penser à autre chose. Elle aurait pu parler à Silvia, lui demander qui était cet homme, Eduardo Ros, et depuis combien de temps elle le connaissait. Ou continuer à scruter les vieux beaux en face, un par un, comme si elle ne les avait pas encore assez vus. Mais elle s'est levée à son tour.

— Ne me dis pas que tu vas fumer, toi aussi ? a demandé Silvia avec sa voix de chef scout.

Soudain pressée, elle s'est frayé un chemin parmi les tables et les gens debout. Elle a pris un long couloir en marbre, enfin, elle ne sait plus s'il était vraiment en marbre. « Vous ne dansez pas ? lui a proposé un vieux beau aux cheveux teints et col ouvert sur des poils grisonnants, qui passait dans le couloir. — Moi ? » a-t-elle répondu comme s'il lui avait demandé si elle était une extraterrestre.

Déjà à la porte, même pas encore dehors, elle était happée par l'étouffante chaleur du début de la nuit. Pourtant il était tard, très tard même, et il n'y avait plus grand monde dehors. Trois, quatre danseurs de tango fumaient sur le trottoir en bavardant. Un groupe de jeunes *cartoneros* était assis un peu plus loin, des gamins pour la plupart, triant ce qu'ils avaient ramassé dans les poubelles. C'est la nuit qu'on voit la misère de cette ville, lui avait raconté un chauffeur de taxi uruguayen. Elle ne la voit pas, elle pense à Ros et non à la misère. Il est parti, il est retourné danser avec Silvia, ou bien il n'est même pas sorti...

Si, il est sorti. Il est à quelques pas de l'entrée, le dos contre une paroi vitrée, fumant une cigarette. Ils s'aperçoivent presque au même moment. Elle fait encore quelques pas, puis s'arrête au bord du trottoir et regarde devant elle, des voitures qui passent, un restaurant arménien, une église désaffectée, arménienne sans doute... Elle attend, enfin, elle ne sait pas bien ce qu'elle fait.

— Tu es là ? dit-il, s'approchant enfin et s'arrêtant à côté d'elle.

Il a la même voix chaude et veloutée, le même regard brillant, séduisant, insolent. Surpris aussi, et moqueur, comme s'il ne s'attendait pas à la trouver là, sur ce trottoir. Soudain elle ne sait plus où regarder. Puis il y a une petite rigole de sueur qui se met à couler entre ses seins.

— Ce sera à Reykjavík.

— Reykjavík ? C'est quel hôtel ?

Elle voit bien qu'il ne comprend pas.

— Ce n'est pas un hôtel, c'est une ville. Une ville loin d'ici. Si tu me donnes ton adresse électronique, je t'enverrai ton billet d'avion.

# 7

Ça y est, c'est fait. La nuit. Elle est tombée d'un coup, sans qu'elle s'en aperçoive. Nuit en plein après-midi. Pas encore noire, mais nuit quand même. Il faut qu'elle allume une lampe si elle veut faire autre chose que rester assise sur le lit à essuyer les gouttes qui glissent de ses cheveux mouillés.

Voilà, c'est mieux, se dit-elle en faisant quelques pas dans la chambre. Finalement, à bien la regarder, elle n'est pas si petite. Elle est presque grande, avec cette fenêtre tout en longueur, ce parquet sombre à grosses lattes et juste ce qu'il faut comme meubles : un lit, un fauteuil, un bureau qui court le long de la fenêtre. Un miroir, une simple bande verticale sur le mur en face du lit. Deux lampes de chevet. Une autre posée sur le bureau, ce qui en fait trois. Trois lampes blanches, parfait exemple du design scandinave. Plus le poste de télévision, bien sûr.

Sauf qu'elle n'est pas venue sur cette île paumée non loin du pôle Nord pour se mettre devant la télé. Ni pour compter les gouttes qui coulent le long de son cou et dans son dos. Elle avait largement le temps de sécher ses cheveux, de les coiffer, d'arranger sa frange, de se maquiller même, au lieu de se dépêcher pour rien et de dresser l'inventaire d'une chambre d'hôtel à côté de quelqu'un qui ronfle.

Mais non, il ne ronfle pas. Il continue à dormir calmement, profondément, joue écrasée sur l'oreiller, pelotonné sur lui-même comme un gosse. Il doit rêver. S'il pense qu'elle va le payer pour ça, pour dormir, pour rêver... Dix billets, elle a dix billets de cinq cents euros dans son sac. Elle, Lisbeth, qui depuis toujours fait attention à son argent.

C'est ça, elle fait attention, elle ne le dépense pas inutilement, elle a horreur de le jeter par la fenêtre. Elle est capable de se laver les dents à l'eau deux jours de suite uniquement parce qu'elle n'a pas eu le temps de traverser Paris pour aller s'acheter du dentifrice dans une pharmacie où il coûte moitié moins cher que dans son quartier. Quand Marc veut lui faire un cadeau, elle lui suggère une chose utile et coûteuse qu'elle ne s'offrirait pas elle-même. Elle se fait inviter aux soldes privés, finit ses pots de crème, ne jette rien. Elle sait gérer son frigidaire et faire les courses.

« Tu es une radine, Lisbeth », lui a dit Mehdi, un soir. Ils sortaient d'un bar pas loin de chez elle où ils avaient pris un dernier verre après leur virée à Bois-Colombes. « Et c'est tant mieux, sinon je ne t'aurais pas rencontrée. Ne me regarde pas mal. C'est vrai, mon chou... »

Elle sourit toute seule. Si Marc Bertaud lui avait dit une chose pareille, elle l'aurait quitté sur-le-champ. Mehdi Khader est la seule personne qui puisse se permettre de l'appeler « mon chou », prononcé avec une ironie et une complicité qui leur font penser à leur rencontre à la caisse du supermarché bio du boulevard Voltaire. C'est là qu'elle achète son pain, son riz et quelques légumes. C'est en tout cas ce qu'elle avait dans son panier le jour de leur rencontre : pain, riz, jus de betterave, avocat, chou rouge... Elle le croyait du moins. Car, une fois rentrée à la maison, elle a découvert qu'elle avait oublié le chou. Elle est donc revenue au magasin. Il a dû rouler quelque part, disait-elle à la caissière, sous les sacs en papier ou ailleurs, elle ne savait pas, mais puisqu'elle l'avait payé, elle voulait le récupérer. Non, elle n'avait plus de ticket de caisse, elle l'avait jeté, elle n'en fait pas collection, mais ce n'était pas une raison pour ne pas lui rendre son chou. La caissière, une grande gigue écervelée, roulait les yeux au ciel : elle ne l'a pas vu, son chou, personne ne l'a vu, personne...

Et c'est quand elle s'apprêtait à se rendre, à abandonner sa ridicule bataille pour un chou rouge, que quelqu'un a dit : « Si, moi, je l'ai vu... » Ébahie, elle a eu à peine le temps de se tourner vers lui, parce que la caissière, visiblement agacée, voulait clore cette affaire au plus vite. « Dans ce cas, allez le chercher dans le rayon, et qu'on n'en parle plus... » a-t-elle lâché sans la regarder.

Il l'attendait dehors. Un grand gaillard d'origine marocaine, cheveux courts, épaules voûtées, visage anguleux, regard doux et calme. « Vous l'avez vraiment vu ? a-t-elle demandé, intriguée, son chou rouge dans les bras. — Non... — Non ? — C'est la première fois que je mets les pieds dans ce magasin », a-t-il répondu. Il avait une belle voix posée et de petits yeux noisette. « Et pourquoi l'avoir dit, alors ? » Il l'a regardée avec un sourire amusé et a dit doucement : « Je voulais être de votre côté. »

Personne ne lui a jamais dit une phrase comme ça. Voilà certainement la raison pour laquelle elle a accepté d'aller boire un verre avec lui et, quelques jours plus tard, de le suivre dans sa vieille voiture jusqu'au rez-de-chaussée qu'il occupait à Bois-Colombes.

C'était une grande pièce tout en longueur donnant sur un potager et des arbres au fond. Il avait préparé des boulettes de viande qu'il a servies avec de la coriandre fraîche, et a ouvert une bouteille de vin rouge. Il l'a fait parler de son travail chez Lufthansa, d'Olga, des vols de nuit, des Rothko... Rothko ? Rothko comme peintre ? Il écoutait, posait des questions, et continuait à l'observer avec les mêmes petits yeux curieux et bienveillants, comme devant le supermarché. Et quand elle s'y attendait le moins, enfin, quand elle ne s'y attendait pas du tout, il l'a embrassée, puis il lui a fait l'amour sur le tapis, si simplement, si efficacement qu'elle en est restée bouche bée.

« Ce n'est pas tous les jours que je raccompagne une femme aussi élégante que toi », a-t-il déclaré plus tard dans la voiture, en bas de chez elle. Une autre fois — contrairement à ce qu'elle croyait ce soir-là en remontant chez elle dans l'ascenseur, il allait y avoir d'autres fois —, il lui a dit qu'elle se croyait lucide, alors qu'elle n'était que sévère avec elle-même. Ou bien qu'elle était radine. Enfin, il ne le lui a dit qu'une seule fois, à cause d'un pourboire qu'elle a refusé de laisser, à un serveur peu amène, qui, de toute façon, ne le méritait pas.

# 8

Mon dieu, Lisbeth, fais quelque chose. Tu ne vas pas rester pendant des heures debout devant cette fenêtre à t'abîmer les yeux et à écouter le bruit de cet ascenseur, on dirait une ventouse.

Mais qu'est-ce que tu regardes, au juste ? Qu'est-ce que tu fixes depuis tout ce temps ? Le ciel, cette grande bouche sombre qui vient d'avaler ce qui restait d'orange rougeoyant à l'ouest ? La rue en bas, Hversgata, étrangement calme pour une capitale ? Les maisons colorées qui se serrent les unes contre les autres comme si elles avaient froid ? La lueur du port au loin ? Ou bien une autre nuit, commencée à cinq heures de l'après-midi, dans l'appartement de Lucie, parce que cinq heures était le moment le plus angoissant de la journée ?

Ses cheveux sont presque secs et sa lèvre commence à lui faire mal à force d'être confondue avec un chewing-gum. Elle devrait boire quelque chose, un café, un thé vert, ou bien un grand verre d'eau. D'habitude, à ce moment de l'après-midi, elle s'aménage une poignée de minutes pour décompresser : elle enlève ses bottes, ferme les yeux et s'imagine remonter un torrent de montagne à contre-courant, toujours le même, un petit torrent frais vert clair qui clapote joyeusement en éclaboussant ses mollets, ses genoux... Puis elle se fait apporter un thé vert japonais, l'eau à soixante-cinq degrés, pas plus, sinon vous allez le brûler, Olga, vous le savez bien...

Soudain elle ressent une douleur sourde dans la nuque. Elle passe la main sur son épaule droite et masse le trapèze avec de petits mouvements circulaires : c'est son arthrose cervicale qui se réveille en fin de journée, après une mauvaise nuit, un mauvais souvenir, une mauvaise nouvelle.

— Tu as mal au dos ?

Elle sursaute comme s'il l'avait touchée.

— Non...

— Qu'est-ce que tu fais, alors ?

— Rien... Et toi ? dit-elle, se tournant enfin vers lui.

— Je te regarde...

— Tu me regardes ?

Tiens, c'est la meilleure. Depuis combien de temps s'abîme-t-elle dans cette nuit devant elle à en avoir mal au cou, pendant qu'il est en train de l'observer, confortablement étendu sur le dos ? Non, il s'est mis de côté, une jambe ramenée sur l'autre, la tête appuyée dans la main. On dirait qu'il n'a plus froid. Il a l'air reposé, lissé, réparé : un autre homme.

— Je me suis endormi... dit-il, avec la voix encore tout ensommeillée.

Elle se demande si elle doit répondre à autant de candeur.

— Et il fait déjà nuit...

Soudain curieux, il jette un regard autour de lui. Un long regard circulaire qui s'attarde sur la fenêtre, le bureau, le fauteuil, puis s'arrête sur elle, sa jupe, son pull, son décolleté, il lui semble du moins.

— Viens ici... dit-il soudain avec entrain, comme s'il venait d'avoir une idée.

— Quoi ?

Il remonte dans le lit et s'assied le dos contre le mur.

— Viens... Déshabille-toi...

Elle devrait éclater de rire. Ce n'est pas tout à fait ce qu'elle avait prévu.

— Déshabille-toi... dit-il calmement, comme si c'était à lui de décider.

— Non.

— Comment non ?

Il sourit, en découvrant des dents irréprochables.

— Ce sera plutôt toi, rétorque-t-elle.

— Moi ?

Ils se font face en silence, sans bouger, comme sur Scalabrini Ortiz.

— Très bien. Comme tu veux... dit-il au bout d'un moment.

Sérieux, il s'assied sur le bord du lit. Il enlève son jean, son pull, son tee-shirt, puis ses chaussettes et, en dernier, son slip, le tout avec des gestes souples, limpides.

— À toi maintenant, dit-il dans un souffle.

Elle continue à contempler le tas de vêtements par terre comme si elle n'y croyait pas. Il l'a donc vraiment fait. Cet homme qu'elle regardait dormir paisiblement voilà encore quelques minutes est assis tout nu en face d'elle. Surprise de cette soudaine nudité, déconcertée même, elle ne se met pas à dresser une liste de défauts et d'imperfections comme elle peut le faire parfois, pour se mettre à l'aise. Elle ne voit que la peau étonnamment claire et lisse de son torse, ses poils, juste ce qu'il faut, ni trop ni pas assez, et une fine cicatrice qui court sous son nombril.

Brusquement, comme s'il ne voulait plus être détaillé de la sorte, il se lève et l'attire vers lui. Il passe une main sous son pull et essaie de défaire sa jupe avec l'autre.

— Tu ne veux pas enlever tout ça... dit-il, tirant sur ses vêtements.

Elle aime bien le grain de sa peau et l'odeur légèrement âcre de ses aisselles.

— Tu ne vas pas rester habillée quand même... souffle-t-il à son oreille, tel un petit ordre sensuel.

— Si...

— Déshabille-toi.

Elle fait non de la tête.

— Non ? Comment non ?

Incrédule, sûr de lui, il remonte son index jusqu'à son sein, le caressant à travers le pull en un mouvement circulaire, efficace, très efficace. Elle sent son sexe qui commence à se raidir contre elle, son souffle qui se précipite et se mêle au sien comme s'il n'y en avait plus qu'un. Oh, non, pas comme ça. Elle veut rester habillée. Puis ça va trop vite, c'est trop facile, beaucoup trop facile, songe-t-elle, essayant de se dégager de son étreinte.

— Tu es sûre que tu ne veux pas? dit-il, le visage dans ses cheveux, l'immobilisant contre lui, lui faisant presque mal.

— Non... fait-elle.

Il ne la lâche pas tout de suite. Elle voit qu'il ne comprend rien et que c'est trop tard. Il s'assied sur le bord du lit et murmure quelque chose entre les dents. Quand elle se tourne vers lui, il est en train de remonter son pantalon.

# 9

— Qu'est-ce que tu as dit ?
— Que j'ai soif. Soif et faim...

Il a soif et faim, se répète-t-elle encore tout essoufflée, arrangeant ses cheveux, son pull et sa jupe, essayant de calmer sa respiration.

Elle croyait qu'il allait dire quelque chose de désagréable ou de déplacé et voulait aussitôt remettre les choses à leur place. Il faut que ce soit clair : c'est elle qui décide. Ce qui veut dire que la nuit va se dérouler comme elle l'entend, elle, et non lui. Déjà, elle l'a laissé dormir : elle aurait pu sécher ses cheveux, allumer la télé, téléphoner à Silvia, faire tout ce qu'il fallait pour le tirer du sommeil. Mais elle n'a rien fait de tel. Elle, qui n'est pas patiente et a horreur d'attendre, que ce soit au supermarché, à la poste, à la banque, chez le médecin, au bureau avec Olga qui peut chercher pendant une heure un numéro de téléphone ou une adresse, ou même avec Marc, souvent en retard et toujours avec une excuse farfelue, a donc attendu que monsieur se réveille tout seul. Et maintenant il a soif. Il a faim aussi.

D'accord, bien sûr : il a fait un long voyage et elle sait très bien quel genre de nourriture on sert dans les avions, surtout en classe économique. Et puis elle aussi prendrait bien quelque chose. Elle a soif et la nuit sera encore longue. Tout est encore devant eux.

— Où vas-tu ?

Il traverse la chambre torse nu.

— Je vais me changer. On va bien aller boire une bière et manger un peu, non ?... dit-il, haussant les épaules.

Il va se changer ? Il a donc autre chose avec lui que son vieux pull, son jean et ses tennis sales. Elle pourrait faire de même. Mais oui, c'est bien pour ça qu'elle a apporté sa petite robe noire, très près du corps et décolletée dans le dos, sans pour autant être prétentieuse comme les jupes compliquées et criardes de Silvia.

Oui, tu pourrais faire ça, Lisbeth, se dit-elle en s'arrêtant devant le miroir en face du lit. Te changer. Mettre ta robe noire, ton collier, si déjà tu l'as pris avec toi. Te maquiller... Te coiffer, parce que, regarde-moi ça ! Tes cheveux qui ont séché tout seuls. Ta frange qui n'en est plus une. On dirait Lucie revenant de la piscine, cheveux si aplatis et collés au crâne qu'on ne voyait plus que sa bouche et ses yeux trop écartés.

« Tu ne peux pas les sécher avant de sortir ? Mettre quelque chose sur la tête ? Il fait froid. Tu veux t'enrhumer, c'est ça ? » répétait-elle à sa sœur pendant des années.

Elles avaient l'habitude d'aller à la piscine ensemble : une fois par semaine, le soir, ou tôt le matin, quand il n'y avait pas beaucoup de monde et si Lucie n'avait pas changé d'avis au dernier moment.

« J'aime bien avoir froid en sortant de la piscine. J'aime bien sentir l'air sur ma tête... rétorquait-elle avec son air obstiné qui pouvait vite taper sur les nerfs. Je ne suis pas comme toi. Je n'ai pas toujours une écharpe dans mon sac. Écharpe, foulard, mouchoirs en papier, vitamine C, parapluie, on ne sait jamais... Je ne me couche pas à onze heures tous les soirs, je ne cours pas chez le médecin dès que j'éternue, je ne mange pas équilibré... D'ailleurs, je ne le suis pas, tu le sais bien... Alors arrête de me dire ce que je dois faire ou pas faire, Betty. Arrête de te croire indispensable, c'est fatigant à la longue, c'est insupportable. »

C'était facile surtout. Facile de débiter ce genre de gamineries quand on se lève à n'importe quelle heure, qu'on mange du fromage blanc trois fois par jour et qu'à part expérimenter la couleur, traîner dans Paris du matin au soir, ou rester simplement assise devant la fenêtre de sa chambre on ne fait pas grand-chose de ses journées. Elle n'avait qu'à prendre froid si elle voulait, attraper une bronchite et se la traîner pendant des semaines. Ou continuer à se nourrir comme elle faisait, avec son fromage blanc et ses tartines au miel. Ou ne jamais fermer son dentifrice. Ou se croire intéressante avec ses photos de la vue de sa fenêtre, ou de reflets dans les vitrines, ou de gestes d'inconnus dans la rue, n'importe qui pourrait prendre ce genre de photos...

Elles pouvaient se faire la tête pendant plusieurs jours de suite, passer l'une à côté de l'autre sans s'adresser la parole, s'éviter, claquer des portes sans raison, ne pas se supporter, se détester même, se dire qu'elles n'étaient pas obligées de vivre ensemble, elles pouvaient se séparer, partir chacune de son côté, se voir de temps en temps ou pas du tout, et puis soudain, comme si elles s'étaient donné le mot, cesser.

« On écoute Rachmaninov ? demandait Lucie.
— On écoute Rachmaninov », répondait Lisbeth. C'était leur mot justement, leur façon de se réconcilier, de se dire qu'elles aimaient bien leur vie d'orphelines, qu'elles s'aimaient tout court. « On va sur le canapé, on ne bouge pas, on ne dit rien. — Je n'ai pas que ça à faire, Lucie. — Cinq minutes, Betty, cinq. »

Alors elles se mettaient sur leur vieux canapé, Lisbeth assise en Shiva, un pied sous les fesses, Lucie couchée, la tête sur les genoux de sa sœur. Il ne fallait donc pas bouger, il ne fallait rien dire, juste poser une main sur la tête, c'est-à-dire Lisbeth posait sa main sur la tête de Lucie et la laissait là, à enrouler les petits cheveux fins de sa sœur autour de ses doigts. Elles restaient ainsi, parfaitement immobiles, chacune dans ses pensées, à écouter le bruit des camions, en train de livrer le supermarché en face, ou à regarder devant soi. Les deux sœurs Sorel, LS + LS, comme elles avaient écrit à la porte, orphelines de père et de mère et à part deux tantes éloignées, vivant dans la région de Bergame, plus ou moins seules au monde.

C'est sûr qu'elles ne se ressemblaient pas. Lisbeth serait incapable de sortir de la piscine les cheveux mouillés. Elle ne pourrait pas manger du fromage blanc le matin, le midi et le soir. Elle ne pourrait pas porter le même genre de vêtements que sa sœur, ses vieux pantalons délavés, ses petites chemises, ses pulls marins. Elle ne pourrait pas non plus se promener les poches vides ou passer ses journées à marcher dans les mêmes rues, à traîner dans les mêmes cafés, à aller voir trois fois de suite *Stromboli* de Rossellini ou *Un été avec Monika* de Bergman. Ou rester simplement assise devant la fenêtre de sa chambre, à photographier jour après jour le même terrain vague, l'église coréenne et le ciel qui se découpait derrière. Franchement, elle avait du mal à saisir l'intérêt de sa frangine pour ce terrain vague immonde, la petite église et toujours le même ciel, enfin, plus ou moins. Ni pour tout le reste d'ailleurs, pour les fenêtres éclairées, les arbres, les rues en pente, les visages anonymes, tous les visages, même celui de sa sœur. « Tu sais bien que tu es mon modèle, Betty », lui disait-elle avec sa voix voilée qui distillait si bien son ironie.

Il n'y avait que Martin qui leur plaisait à toutes les deux. Pour une fois, elles pouvaient être d'accord. Martin était un type charmant, d'un naturel et d'une aisance incroyables. Il avait une voix enjouée et un visage qui semblait baigné de lumière. « C'est son front et ses sourcils, disait Lucie qui n'arrêtait pas de le prendre en photo. Quand il entre dans une pièce, on ne voit que lui. Il irradie la lumière. C'est ça, être photogénique. » Elle le photographiait tout le temps, à table, au lit, avec son violon, couché dans l'herbe, debout dans la queue devant un cinéma. Même sur les photos de foule il figurait. Ou devant les falaises de Dieppe, minuscule, mais bien là. C'était son sujet en or, son fil rouge, le révélateur des paysages et de la banalité quotidienne. Elle le posait devant un poteau quelconque, et le poteau devenait intéressant. Il était sur une terrasse de café, et la terrasse avait un sens. Il regardait le ciel, et le ciel était beau.

Tout avait l'air facile pour lui, la musique, les femmes, les animaux... Personne ne lui résistait. Toujours pressé, l'esprit ailleurs, comme s'il jouait au moins trois partitions en même temps, il se déplaçait sur sa Vespa rouge et arrivait systématiquement en retard. Il parlait fort et n'aimait pas passer inaperçu. Mais son rire donnait envie de rire et leur appartement semblait vide quand il n'était pas là. Alors Lisbeth ne savait pas comment dire à sa sœur que, finalement, elle aimait bien son sujet en or, son miracle de la Sainte-Cécile, et n'avait rien contre le fait qu'il vienne dormir à la maison. Au contraire, elle voulait bien qu'il se sente à l'aise chez elles, qu'il se lave dans leur salle de bains, qu'il se fasse du café dans leur cuisine, qu'il passe quand bon lui semble, même à l'improviste, en coup de vent, entre deux répétitions ou entre le deuxième et le troisième acte de *Turandot*, surtout depuis ce samedi matin où il a enlevé son tee-shirt et lui a demandé de lui couper les cheveux. Couper les cheveux ? Elle, Lisbeth ? Mais quelle idée ! Elle ne savait pas le faire. Il lui a tendu une paire de ciseaux et s'est assis sur la chaise devant elle : aucune importance, il était prêt à essayer, depuis le temps qu'il y songeait.

Alors ils ont essayé. C'était une séance hilarante, sensuelle et complètement improbable — elle ne savait vraiment pas couper les cheveux —, qui s'est terminée par terre, elle sur lui, en sueur, avec des cheveux partout, sur les seins, le ventre, dans le cou, même dans la bouche. Elle sentait qu'elle souriait chaque fois qu'elle repensait à cette scène. Mais elle comprenait aussi qu'ils ne pouvaient pas continuer trop longtemps cette histoire à trois. Quand, au bout de quelques semaines, Lucie lui a annoncé qu'elle avait trouvé un appartement près des Buttes-Chaumont, un trois-pièces mal disposé, mais avec une belle lumière, donnant sur le parc, et qu'elle allait enfin déménager, elle n'a pas été vraiment surprise.

— J'ai besoin de plus de place, Betty. Je ne sais plus où mettre mes affaires. Et puis on ne va pas vieillir ensemble, non...

Oui, elle va se coiffer, se maquiller... Elle ne va pas rester comme ça, pâle, presque blanche, ressemblant à sa petite sœur revenant de la piscine, même si, à vrai dire, elles ne se ressemblaient pas du tout. Dans la rue, côte à côte, personne ne les prenait pour des sœurs. Lucie tenait de leur mère : même teint pâle, mêmes yeux bleus, même grande bouche et nez en trompette. Même tempérament lymphatique et lunaire avec de brusques poussées d'activité. Mais aussi un esprit caustique, original et curieux qu'elle ne devait à personne. Tandis que Lisbeth avait le côté Europe centrale de leur père : pommettes hautes, yeux verts, cheveux châtain clair, regard lointain, impérieux, qui sait ce qu'il veut, et une belle bouche qui sait ce qu'elle veut aussi.

Rien à voir, non. Et pourtant là, avec ce front découvert, cheveux plaqués, lèvres sèches, sans fond de teint et sans maquillage, on aurait dit Lucie rentrant de la piscine. Ou bien Lucie sur l'un de ses autoportraits. Ou, encore plus fou, plus hallucinant, Lucie dans son lit, blanche, calme, comme si elle dormait.

— Tu viens ? On y va ?

## 10

Elle ne l'a pas entendu s'approcher. Il s'est changé. Il porte une chemise, un pull fin en V et une paire de chaussures noires. Il sent frais. Il s'est rasé, lavé, peigné. Non, il a dû passer juste une main dans les cheveux humides. Ce n'est pas le genre d'homme à se peigner. Enfin, elle n'en sait rien. Elle ne sait pas quel genre d'homme il est. Un genre qui plaît aux femmes, certainement, un genre qui claque les doigts et elles sont toutes là. Il est plutôt beau, malgré ce nez busqué, ces yeux enfoncés, ces premières rides et quelques cheveux blancs par-ci par-là. Plus beau maintenant, passé le triomphe et l'inconscience de la première jeunesse. Plus d'épaisseur sans doute, plus de contenu... Il lui semble, du moins. Elle ne le connaît pas. C'est seulement la deuxième fois qu'elle le voit.

— Qu'est-ce qu'il y a? Pourquoi tu me regardes comme ça?

Elle n'a aucune idée de comment elle le regarde. Habillé de neuf, lavé, rasé, parfumé, ce n'est plus le même homme.

— Je ne te plais pas ? demande-t-il, sourire lent et voix désinvolte.

Elle se mord la lèvre. Il ne s'imagine quand même pas qu'elle va répondre à cette question.

— On y va ? dit-il, soudain pressé comme si ça ne pouvait plus attendre.

— Je voulais me changer, moi aussi.

— Te changer ?

Il recule d'un pas et la regarde de la tête aux pieds, comme s'il était connaisseur en la matière.

— Pourquoi ? Tu es bien comme ça... Très bien, même, dit-il enfin, en claquant les lèvres l'une contre l'autre.

Elle rougit. Il n'a pas à lui dire si elle est bien ou non. Elle n'a pas besoin de ce genre de considérations, surtout venant de la part d'un danseur de tango qui ne connaît pas grand-chose et veut aller boire une bière sans trop tarder.

Même s'il a raison : elle peut très bien descendre avec sa jupe et son pull. On lui a toujours dit qu'elle était une femme élégante, c'est-à-dire discrète, raffinée, vue et reconnue par ceux par qui elle voulait être vue et reconnue. C'est ça, l'élégance, non ? Ne pas se faire remarquer tout en le faisant. Se cacher pour se montrer. Supprimer au lieu de rajouter. Le contraire de Silvia, pour le dire différemment. Elle ne pourrait jamais se teindre les cheveux en roux vif ni mettre une seule de ses fringues farfelues ou ses boucles en forme de poissons, son signe astrologique.

Alors, allons-y. Il lui faut seulement vérifier qu'elle a bien ses lunettes dans son sac, passer un coup de brosse à ses cheveux, un soupçon de poudre sur son visage, une goutte de parfum derrière l'oreille... Voilà, elle est prête. Et puis ils ne sont pas venus à Reykjavík pour un dîner aux chandelles en tenue de soirée, se dit-elle quand ils quittent enfin la chambre et prennent le couloir aux murs nus qui fait résonner leurs pas.

Une jeune femme aux longs cheveux blonds, en jean et pull islandais, attend devant l'ascenseur. Ce n'est qu'une fois à l'intérieur, à trois, serrés l'un contre l'autre, que Lisbeth la regarde vraiment.

Qu'elle est jolie, se dit-elle. Une beauté blonde au teint délicat de porcelaine, longues jambes et cou comme une tige de fleur, tout droit sortie du *Printemps* de Botticelli. Une jeune Slave certainement, une Russe ou une Ukrainienne, égarée pour on ne sait quelle raison en Islande. Elle voit que lui aussi est en train de la contempler et de se dire exactement la même chose. Enfin, non, il ne se dit pas : tout droit sortie du *Printemps* de Botticelli, mais : jeune, fraîche, adorable, désirable, un rêve de femme, une femme de rêve... Et il n'a pas tort, non, pense-t-elle, ne sachant plus où poser son regard. Soudain, elle sent comme un petit tressaillement au ventre et une vague de chaleur envahir son cuir chevelu. Beauté comme le début de la terreur, pense-t-elle en se mordant la lèvre. Beauté comme humiliation... Beauté comme une gifle...

Et, comme si ce n'était pas assez, l'ascenseur s'arrête au deuxième étage — nous sommes déjà trois, il faut patienter un peu, murmure la blonde beauté en anglais — et met une petite éternité avant de s'immobiliser enfin au rez-de-chaussée.

— Vous allez au restaurant ? demande la jeune femme avant de sortir.

— Oui... sourit Eduardo Ros.

Un sourire rayonnant, ébloui, prêt à déborder, à couler, à se transformer en tapis devant la beauté russe.

— Non, dit Lisbeth.

— Comment non ? demande-t-il en se tournant vers elle.

— J'ai changé d'avis. On va commander le dîner dans la chambre, répond-elle sèchement, en appuyant sur le bouton du quatrième étage.

Elle sent le regard incrédule d'Eduardo Ros dans son dos.

— Ah oui... murmure la jeune beauté slave comme si elle était désolée. Bon appétit alors. Et bonne nuit... souffle-t-elle, levant la main en signe d'adieu.

# 11

— Je n'ai pas bien compris ce qui s'est passé, lâche-t-il quand ils sont de nouveau dans la chambre 47.

— Rien... répond-elle, le nez dans le menu de *room service.*

Elle ne veut plus penser à la scène de l'ascenseur. C'est fini, on passe à autre chose. En plus, c'est vrai. À part son malaise devant la jeune Russe, c'est ça, malaise, embarras, gêne, terreur, humiliation même... À part son sourire à lui, un sourire adorable, aimable, insupportable... À part sa déception quand ils sont remontés dans la chambre... il ne s'est rien passé. Rien, pense-t-elle, toujours en se mordant la lèvre. Alors on n'en parle plus, on tourne la page, on ne va pas s'énerver pour ça.

Il y a donc des sandwichs club de toutes sortes, accompagnés de frites ou de salade, poissons fumés, steak tartare, œufs brouillés... classique, quoi. Et pour les boissons, ça doit être la même chose, de toute façon il veut de la bière, lui, ce n'est pas la peine de chercher.

— Regarde plutôt ce que tu veux manger, dit-elle en lui tendant le menu.

Il s'approche dans son dos et, au lieu de prendre le menu, pose ses lèvres sur son épaule et glisse une main sur son ventre. Elle se fige, ne respire plus. Qu'est-ce qu'il fait ? À quoi joue-t-on maintenant ? Pourquoi ce mouvement de tendresse inopinée ?

— C'est plutôt toi qui décides, non ?... murmure-t-il tout bas contre sa peau.

On dirait qu'il se moque d'elle. C'est ça, il se moque d'elle, se dit-elle en se défaisant de ses bras.

Mais il a raison, on peut le faire aussi comme ça. D'ailleurs, ce sera bien plus simple et rapide. On ne va pas se prendre la tête pour un dîner, on n'est pas venus ici pour ça.

— C'est pour commander à manger dans la chambre... dit-elle, le combiné à la main.

Elle appuie ses fesses sur le bord du bureau, croise une jambe sur l'autre. J'ai les cuisses nues, pense-t-elle soudain, voyant que lui aussi les regarde et se dit certainement la même chose : elle a des cuisses nues sous sa jupe.

Alors que désirez-vous, Madame ? Bonne question, très bonne question. Ce sera très simple : un sandwich club au bœuf et aux oignons, oui, c'est ça, tiède, avec frites, double portion de bœuf, double portion de frites. Et ensuite du saumon, saumon mi-fumé, avec sauce au raifort. Oui, c'est ça... Et du vin, du vin blanc, oui, très bien, ce sera parfait. Non, non, pas de dessert. La chambre 47, c'est ça. Merci.

Voilà, c'est fait. Il suffit d'y aller, de se mettre en mouvement. Finalement, il a raison, c'est toujours elle qui prend les choses en main.

Avec Marc, c'est pareil. Il ne le sait pas, elle ne lui a jamais dit, mais c'est elle qui l'a choisi. Elle l'a aperçu dans la queue à l'enregistrement de la classe affaires à l'aéroport de Tokyo. Une main dans la poche de son pantalon, l'autre tenant un livre, il lisait. Un grand châtain clair à lunettes et au beau profil sévère, qu'il n'a pas jugé utile de lever jusqu'au guichet, même pas pour déplacer sa valise qu'il poussait avec le pied. « Est-ce que vous pouvez me placer à côté de la personne que vous venez d'enregistrer ? a-t-elle demandé au petit Japonais derrière le guichet, courtois et très coopératif : il lui a montré le plan de l'avion et la liste des passagers. — Ce sera 17 A, à côté de monsieur Marc Bertaud », a-t-il précisé.

Marc Bertaud, a-t-elle répété son nom, une fois assise à côté de lui. Il devait avoir à peu près le même âge qu'elle. Il portait un costume en laine d'été, une écharpe indienne et des chaussures de sport. Un bras appuyé sur sa cuisse, il continuait à lire tout en trempant ses lèvres dans la première coupe de champagne. À la deuxième, il a enfin rangé son livre. Il a enlevé sa veste, son écharpe, et s'est tourné vers elle. « J'ai du mal à me concentrer. Vous me troublez, a-t-il dit, soudain enhardi par l'alcool. — Vous aussi », a-t-elle répondu, étrangement enhardie, elle aussi.

C'était un vol comme elle les aimait. Un bon dîner — tartare de saumon, bœuf *teppanyaki* —, un bon vin rouge, un Rothko magnifique dans le ciel délicatement ouaté, on dirait le numéro 14, le bleu nuit et orange, avec une fine séparation grise entre les deux bandes de couleur. Et un homme qui lui plaisait et l'intriguait à côté d'elle. Que pouvait-elle souhaiter de plus ?

Le service du dîner touchant à sa fin, les lumières éteintes, ils étaient enfin seuls. Le Rothko bleu et orange, l'un de ses préférés, s'assombrissait à vue d'œil à l'horizon. Elle a laissé glisser sa tête sur son épaule. Il n'avait rien contre, au contraire. Il s'est rapproché, il a enlevé l'accoudoir qui les séparait et a posé sa couverture sur leurs genoux. Elle aimait son odeur de beurre fondu au soleil et cette soudaine intimité entre eux. Sans trop réfléchir, elle a baissé sa main sur sa braguette. Puis elle a déboutonné son pantalon et a glissé la main dedans. Il respirait à peine, ne bougeait pas. Son sexe était incroyablement soyeux et docile sous ses doigts. Et comme si ce n'était pas assez, comme si elle voulait goûter cette docilité jusqu'au bout, elle a baissé sa tête et l'a pris dans la bouche. Il a eu un bref mouvement de recul ravi, puis a glissé la couverture sur sa tête, posé sa main sur ses cheveux et s'est mis à ronronner comme un petit chat.

« Il ne m'est jamais arrivé quelque chose comme ça. Une explosion en plein vol. Une explosion magnifique... a-t-il murmuré quelques heures plus tard pendant qu'ils attendaient leurs valises à côté du tapis roulant à Roissy. — À moi non plus... a-t-elle dit tout bas, en rougissant, comme si elle n'en revenait toujours pas de sa folle, grisante, enivrante audace dans l'avion. — J'aimerais vous déposer en taxi et vous embrasser fougueusement... a-t-il dit en souriant, et il a posé sa main sur ses hanches, comme s'ils étaient amants. — Quelle bonne idée... a-t-elle chuchoté, soudain heureuse de cette main sur sa hanche. — Mais je ne peux pas, hélas... — Vous ne pouvez pas ? — Il y a Ghislaine qui m'attend à la sortie. »

Il continuait à guetter l'arrivée de sa valise comme s'il ne voulait pas qu'elle le voie de face. « Ghislaine ? Quelle Ghislaine ? — Ma femme, la mère de mes enfants... a-t-il dit enfin en retirant la petite valise métallique qu'il avait poussée avec son pied à l'aéroport de Tokyo. — Mais on va se revoir. Appelez-moi, s'il vous plaît... » Il a pris son bagage et il est parti, lui laissant une carte de visite dans la main.

Elle aurait dû la jeter à la poubelle un peu plus loin. Elle venait de fêter ses trente-neuf ans, ne désespérait pas d'avoir des enfants et n'en pouvait plus de tomber sur des hommes qui n'étaient pas disponibles. Sans compter qu'elle avait détesté le ton avec lequel il avait dit : ma femme, la mère de mes enfants...

Mais c'était précisément la raison pour laquelle elle ne l'avait pas fait : elle avait soudain une furieuse envie d'engager une bataille éclair contre cette Ghislaine — comment pouvait-on s'appeler comme ça? — et de la gagner brillamment. Évidemment, elle ne pouvait pas savoir que ce ne serait pas juste une bataille, mais une longue guerre d'usure dont elle ne sortirait pas forcément victorieuse. Dans le taxi solitaire qui l'amenait chez elle, Enrico Macias chantait avec ses trémolos pathétiques : « L'amour, c'est pour rien, tu ne peux pas le prendre, l'amour c'est pour rien, mais tu peux le donner... »

« Vous ne pouvez pas arrêter ça? » a-t-elle demandé au chauffeur.

# 12

Est-ce qu'elle choisit toujours des hommes faibles, pense-t-elle pendant qu'on leur avance le dîner sur une table à roulettes. Faibles, tricheurs, menteurs ? Ses hommes en M, comme disait parfois Lucie avec sa petite voix ironique.

Quels hommes en M ? Que voulait-elle dire par là ? Il y avait Marc, certes, qui après la fellation au-dessus des nuages ne pouvait plus se passer d'elle. Mais qui d'autre ? Pas Mehdi, en tout cas, qu'elle ne connaissait que depuis peu et qu'elle n'a présenté à personne. Pas son collègue hollandais non plus, le jeune échalas blond avec qui elle a eu une brève aventure pour essayer d'oublier Marc, c'est-à-dire Ghislaine, et qui de toute façon s'appelait George, George Den Boer.

Restait Martin. Est-ce que Lucie pensait à lui en parlant des hommes en M ? Savait-elle que son sujet en or, son miracle de la Sainte-Cécile, le petit brun aux sourcils dorés, n'avait rien changé à ses habitudes depuis qu'elle avait déménagé aux Buttes-Chaumont ? Pouvait-elle s'imaginer qu'il continuait à passer chez sa sœur rue Paul-

Bert, une ou deux fois par mois, en coup de vent, après la répétition ou le concert, et avant de rentrer chez elle, toujours pressé, expéditif, mais aussi inspiré, voire virtuose. « C'est notre petite familiarité... » murmurait-il à l'oreille de Lisbeth, souriant, joyeux, fier de sa formule qu'il répétait rituellement jusqu'au jour où il a changé de famille. Un dimanche, après un long petit déjeuner qui ne présageait rien, rien de mauvais en tout cas, il a quitté Lucie, avec un sourire piteux, égal à lui-même, pour se marier deux mois plus tard avec une jeune antiquaire, qui, d'après Lucie, avait deux frères et pas de sœur.

Et lui ? Eduardo Ros, tout à son gros sandwich et à ses frites ? Est-ce que lui aussi est un faible comme Marc Bertaud qui ne va jamais quitter sa Ghislaine, avec laquelle il dort dans le même lit, mais qu'il ne touche plus depuis des années, c'est ce qu'il dit du moins, c'est ce qu'il jure, je dors de mon côté du lit, Lisbeth, il m'arrive même de me masturber à côté d'elle en pensant à toi, voilà ma seule vie sexuelle avec Ghislaine, mère de mes enfants ? Ou comme Martin, le beau Martin aux sourcils dorés pour qui le comble de l'excitation devait être de penser à l'autre sœur pendant qu'il couchait avec la première ? L'amour a besoin d'un troisième, répétait-il, toujours fier de ses formules. Ou même comme son collègue George Den Boer, jeune cadre dynamique à l'apparence protestante, stricte et lisse, incapable d'assumer sa féminité sinon par petites demandes loufoques du genre de lui vernir les ongles des pieds en rouge vif, ce qui a pu l'amuser et l'intriguer au début, mais a vite fini par l'ennuyer, pour ne dire que ça. Et que penser du voisin du troisième étage, qui depuis des années lui conte fleurette dès qu'ils se retrouvent seuls dans l'ascenseur, mais qui a blêmi comme un linge quand un jour, appuyant sur le bouton du cinquième, elle lui a proposé de monter avec elle et de lui montrer enfin ce qu'il avait dans le pantalon ?

Pour le moment, une chose est sûre, il a faim. Assis sur le lit devant la table à roulettes, il mange en silence. Il a retroussé ses manches et fait attention à ne pas tacher ses vêtements. Il a de longues mains souples et agiles et une drôle de façon de toucher la nourriture, franchement, avec des gestes vigoureux et ludiques à la fois. Comme quand il prend les frites à leur extrémité et les porte à sa bouche tels des bâtonnets dorés et non de simples patates. On peut le faire aussi comme ça, c'est sûr. Pourquoi s'encombrer de la fourchette et du couteau ? Ou s'essuyer la bouche en frottant les lèvres l'une contre l'autre comme il le fait, avec gourmandise et envie, alors qu'il a une serviette à portée de la main.

En fait, elle aime bien comment il mange, pense-t-elle en versant du vin blanc bien frais dans les verres. Il ne mastique pas la nourriture avec les dents de devant comme Marc, prudemment, petitement, comme s'il fallait réfléchir avant de déglutir. Il n'avale pas non plus des morceaux entiers comme Martin, toujours pressé, voulant toujours être ailleurs en même temps. Il ne se roule pas une cigarette entre deux coups de fourchette comme Mehdi, pour prolonger le dîner, pour faire durer le temps. Il mange à pleines dents, simplement, lentement, avec plaisir et appétit, en essuyant de temps en temps ses lèvres l'une contre l'autre. C'est une bouche pleine de vie, souple, chaude, expressive.

Et s'il fallait regarder les hommes manger avant d'aller au lit avec eux ? se dit-elle soudain, sentant un petit sourire gourmand sur ses lèvres. Comment se fait-il qu'elle n'y ait pas pensé jusque-là ?

— Tu n'as pas faim ? demande-t-il, en jetant un coup d'œil sur le poisson intact dans son assiette.

# 13

Elle boit une autre gorgée de vin. Non, elle n'a pas faim. Pas maintenant. Pas tout de suite. Elle mangera plus tard. Pour le moment, elle a plutôt soif. Elle a envie de sentir la brûlure de l'alcool sur l'estomac vide. Finalement, ils ont bien fait de remonter et de commander le dîner dans la chambre. Russe ou pas Russe, elle a eu raison de changer d'avis. Ils sont mille fois mieux ici, installés l'un en face de l'autre devant cette table improvisée, que dans le restaurant anonyme de l'hôtel.

C'est presque un dîner aux chandelles : nappe blanche, bac à vin, petites bougies plates... Seuls dans la chambre, seuls sur cette île non loin du cercle polaire arctique, seuls au milieu de cette nuit, vaste et inconnue, qui tombe sur eux par la fenêtre.

Les choses vont enfin dans la bonne direction. Il n'en faut pas beaucoup pour se sentir bien en face de quelqu'un. Un verre de vin, deux petites bougies qui tremblotent devant eux, la nuit de Reykjavík comme si on pouvait la toucher. Il ne lui reste qu'à enlever ses bottes, plier une jambe sous ses fesses pour être encore plus à l'aise. Non, elle le fera plus tard, la nuit va être longue, très longue.

— Ce n'est pas bon ? demande-t-il, en jetant un autre coup d'œil sur son assiette.

— Si, si, certainement... répond-elle.

— Pourquoi tu ne manges pas, alors ?

— Tu peux me demander autre chose.

Il a presque fini son sandwich et essuie de nouveau sa bouche en frottant ses lèvres l'une contre l'autre avec gourmandise et sensualité.

— Tu veux parler ? demande-t-il.

— Mmmh...

Elle pique une frite dans son assiette.

— De quoi ? dit-il, la regardant bien dans les yeux.

Elle prend une autre frite. Finalement, se dit-elle en croisant ses cuisses nues, elle est comme toutes les femmes. Elle a besoin de parler avant d'aller au lit. Bavarder, échanger quelques phrases, même anodines.

Alors que peuvent-ils se raconter ? Les frites islandaises, pas si mauvaises que ça ? Cette table joliment dressée, nappe blanche, deux petites bougies plates, bac à vin ? La nuit qui tombe par la fenêtre ? Le fait qu'à vrai dire ils ne sont pas si mal que ça dans cette chambre, sur cette île de feu et de glace, non loin du pôle Nord. Ce n'était peut-être pas une mauvaise idée de venir ici : un homme et une femme face à face dans une nuit polaire.

— Ça fait longtemps que tu connais Silvia ?
— La Suissesse ?
— La Suissesse.
— Un an, deux ans... je ne sais pas...
— Tu ne sais pas ?
— Je danse avec beaucoup de femmes, tu peux t'imaginer. Toutes sortes de femmes. Jeunes, moins jeunes... Même avec Gricelda...
— Gricelda ? Quelle Gricelda ?
— Gricelda Morales, une psychanalyste. Elle doit avoir soixante-cinq ans au moins. Une grande femme, toujours bien coiffée, bien habillée, avec de jolies chaussures. Elle en a toute une collection. Une bonne danseuse en plus, elle connaît les orchestres, les paroles... Je vais la chercher tous les jeudis à neuf heures du soir et je la ramène trois heures plus tard, pendant que son mari dort déjà.

Il est drôle. Elle ne lui a pas demandé des nouvelles d'une vieille qui s'appelle Gricelda Morales, à ce qu'elle sache.

— Mais je t'ai parlé de Silvia.
— Je sais bien.
— Tu pourrais me répondre, alors.

Il boit une autre gorgée de vin et met une petite éternité à reposer son verre.

— Que veux-tu que je te dise ? Je ne sais plus. Je ne sais plus depuis combien de temps je la connais. Mais tu devrais le lui demander, si c'est aussi important, dit-il enfin.

Non, il n'est pas drôle. Il est nonchalant. Il est désinvolte. Il est fier. Il rétorque de la sorte parce qu'il n'a pas envie de répondre à sa question. Il n'a tout simplement pas envie de parler de Silvia. Parce qu'il ne va tout de même pas faire tout ce qu'elle veut. Se déshabiller quand il faut se déshabiller. Monter avec l'ascenseur quand, au contraire, ils devaient descendre, manger ce qu'elle a décidé qu'il doit manger. Parler quand elle veut parler. Parler de qui elle veut parler... C'est ça ?

Elle le regarde. Lui aussi la regarde, les coudes sur les genoux et un petit air de défi dans ses yeux. Mais que se passe-t-il ? Il y a encore quelques instants, tout allait bien, très bien même, elle le croyait du moins. Elle croyait que la nuit leur ouvrait enfin les bras, qu'ils allaient se blottir dedans. C'est pour ça qu'ils étaient là. Alors pourquoi ce retournement ? Que se passe-t-il ? Est-ce qu'il veut la mettre mal à l'aise ? Lui faire sentir qu'elle est comme Silvia justement ? Une femme qui paie les services d'un homme, et pas seulement pour danser ?

Elle détourne ses yeux, commence à martyriser sa lèvre. Elle a soudain chaud, les mêmes gouttes de sueur qui envahissent son front et ses cheveux qu'à l'aéroport. Il faut qu'elle se lève et qu'elle fasse quelque chose, elle ne peut plus rester en face de lui. Bouche serrée, crispée, elle pousse le fauteuil et fait quelques pas. Elle le voit dans le miroir. Il l'observe sans bouger, ne comprenant pas bien ce qui se passe. Il la suit des yeux quand elle s'approche de la fenêtre pour prendre son sac sur le bureau, en sortir ses lunettes, son téléphone... Et après deux, trois secondes d'hésitation, une enveloppe pliée en deux.

— Qu'est-ce que tu fais ? demande-t-il enfin.

Elle chausse ses lunettes. On peut la jouer aussi comme ça s'il veut : ce sera au moins clair et net et ça remettra les choses à leur place. Elle aurait pu y penser plus tôt, ce qui aurait accéléré les choses et évité les malentendus.

— J'allais l'oublier... dit-elle comme si elle venait d'avoir une idée.

— Oublier quoi ?

Elle voit bien qu'il ne comprend toujours pas.

— L'argent.

— Quel argent ?

— Les dix billets. C'est ce que tu m'as dit. Dix billets de cinq cents euros. C'est ça ? Ils sont là, dans l'enveloppe...

C'est sa voix sèche et métallique, celle qu'elle prend quand elle a besoin d'être efficace, d'imposer sa volonté et d'accélérer les événements.

— Tu veux compter ?

Il ne bouge pas. Il boit une autre gorgée de vin, frotte de nouveau ses lèvres l'une contre l'autre avant de se lever et de s'approcher d'elle.

— Est-ce qu'il faut que je me déshabille encore une fois ? demande-t-il lentement, en détachant bien les syllabes.

Elle rougit, blêmit, puis mord dans sa lèvre.

— Dis-le-moi... souffle-t-il si près d'elle qu'elle sent son odeur, comme à la table dans le salon de danse sur Scalabrini Ortiz.

Elle ne bouge pas. Elle a soudain mal à la nuque. Un bout de lune pâle vient de se dégager des nuages telle une apparition.

— Ou bien tu veux qu'on s'embrasse ? demande-t-il tout bas.

## 14

Elle continue à fixer le ciel. A-t-elle bien vu ? Était-ce vraiment la lune ? Un bout de lune blême comme le pied de Lucie à l'hôpital Cochin, un samedi matin particulièrement chaud ?

Parce que Lucie, sa sotte de sœur, s'est retrouvée à l'hôpital en plein mois de juillet, quelques jours seulement après son trente-neuvième anniversaire. C'est le lendemain de son trente-neuvième anniversaire justement, n'en pouvant plus d'avoir mal au ventre, qu'elle est allée enfin voir son médecin, un vieux barbon sinistre qui n'a pas tardé à précipiter les événements : prise de sang, scanner abdominal, hospitalisation. Et quelques jours plus tard, deux heures et demie sur une table d'opération avec pour résultat un rein en moins et un diagnostic peu réjouissant : cancer du rein avec métastases. Quand Lisbeth est venue le lendemain, c'était plutôt Lucie qui essayait de lui remonter le moral. Faible, sous perfusion, cheveux collés au crâne, ses yeux flottants et sa petite voix chuchotante, elle disait qu'on pouvait très bien vivre avec un seul rein, pendant quelque temps du moins, et puis après, on verrait.

— Ne me regarde pas comme ça, Betty... De toute façon, on a dit qu'on n'allait pas vieillir ensemble.

Lisbeth, abasourdie et perplexe, mordillait sa lèvre. Elle avait chaud. Une petite rigole de sueur s'est mise à couler entre ses seins. Assise sur une chaise en face du lit, elle fixait le pied de sa sœur qui sortait du drap, un joli pied étroit avec son grand orteil trop long et le petit tout écrasé, ses ongles nacrés, coupés bien au ras. Le même que le sien, exactement, étonnamment le même, la seule marque visible de leur sororité.

Elle ne comprenait rien. Il y a quelques jours, tout allait bien, enfin, avec Lucie il y avait toujours quelque chose qui n'allait pas : elle claque la porte de son appartement en oubliant les clés à l'intérieur, elle se fait renverser par un cycliste ou voler son sac avec ses papiers d'identité et son téléphone portable, toujours aussi tête en l'air, même à quarante ans.

Mais il y a quelques jours, tout allait encore bien, très bien même. On lui a fait une proposition qu'elle attendait depuis longtemps : un livre, un choix de ses photos. Un beau livre, sur un papier de qualité, avec des tirages soignés et l'introduction d'un écrivain italien qui vivait entre Paris et la Toscane et suivait son travail depuis des années. Il n'attendait que ça, pouvoir écrire sur elle, lui disait son éditeur. Parce que ses photos appelaient le texte, surtout sa dernière série

— des vues presque identiques sur les mêmes immeubles, les mêmes fenêtres, les mêmes toits, mais pas avec la même lumière, ni le même ciel, et encore moins la même vie derrière les fenêtres —, qui s'appelait *Pensées*. Lucie était contente, très contente, même si pas tout à fait d'accord avec cette affirmation : ses *Pensées* n'appelaient pas forcément des pensées très profondes, elle était juste obsessive, capable de prendre la même photo pendant des années, voulant représenter ce qui était irreprésentable pour la photographie, la durée. Mais ce livre allait être quand même autre chose que des publications dans les journaux, les magazines ou sur *luciesorel.com*. Ou même une exposition, où un cliché pouvait toujours être tué par celui d'à côté.

Alors elle avait commencé à réfléchir, à faire une sélection. Ce n'était pas facile, parce qu'elle tenait à ses séries : tout son travail photographique tournait autour des séries. Mais elle avait envie de montrer aussi son chien, ses petits vieux, ses couples qui s'enlacent comme le jeune homme et la jeune femme endormis dans le train Paris-Brest. « Puis Martin, bien sûr. Et même toi, Betty, lui disait-elle au téléphone. La série en noir et blanc dans la baignoire rue Paul-Bert où il n'y a que ton visage qui sort de l'eau. Ou une épaule, un bout de sein... Avec les reflets argentés dans l'eau. On dirait la Vierge Marie avec sa couronne en mousse blanche. Puis *Betty au Fumoir*, une de mes préférées. Tu es assise près de la fenêtre, tu t'en souviens ? Il y a un bus qui passe derrière. Tu portes ta robe verte à pois. Tu es très belle, même si tu fais la tête et tu serres ta bouche despotique. »

Quelques jours plus tard, elle a fêté son anniversaire avec Afton Diddens, peintre belge qu'elle a rencontré à la boulangerie près de chez elle. Ils habitaient à dix minutes l'un de l'autre et se voyaient presque tous les jours. Il était plus jeune que Lucie, plus petit aussi. Posé, poseur, se promenant toujours en pantalon taché de couleurs, au cas où l'on oublierait qu'il était artiste. Il l'amenait au bord de la mer à Zeebrugge ou chez ses parents à Anvers. Il l'amenait au restaurant surtout et avait réussi là où Lisbeth avait échoué : lui faire manger des choses aussi incroyables que des tomates, des poivrons, de la salade verte, des fraises ou autres fruits rouges, du riz, et même du poisson. Si avec Lucie elles avaient le même goût pour Martin, son charme insolent, ses mauvaises manières, sa peau douce et son sexe soyeux — l'amour est d'abord la compatibilité des peaux —, ce n'était pas du tout le cas avec Afton. Tout l'insupportait chez lui : sa voix pédante, ses bagues, sa façon de cligner des yeux en parlant, ses cheveux savamment ébouriffés, sans parler de sa peinture. Ce n'était pas un sujet en or, non, loin de là, ni un quelconque miracle. Mais Lucie avait l'air de bien s'entendre avec lui, enfin, elle n'en savait rien, depuis Martin justement, elles n'étaient plus tellement en confidence à ce sujet.

Et une semaine après, là voilà sur un lit d'hôpital, un rein en moins et des métastases qui se baladent dans son corps, soudain mortelle, c'est ça, mortelle, sa petite sœur, cette sotte qui ne faisait pas attention à elle, avec ce pied blanc et innocent qui sortait du drap.

— Je vais aller ranger chez toi... a-t-elle fini par dire.

— Ranger chez moi ?

— Mais oui, tu ne peux pas rester avec tes deux vélos dans l'entrée, puis tous ces tableaux de ton peintre de la matière... Matière qui se décroche, bonjour le ménage, il y en a partout, Lucie, partout, de la terre, des algues, des tomates séchées... Tu ne peux pas continuer à vivre comme ça.

# 15

Le jour même, elle a passé l'après-midi à frotter l'appartement de sa sœur, le premier de la série. Lucie habitait un grand trois-pièces près du parc des Buttes-Chaumont, sixième étage sans ascenseur, biscornu, mal disposé, avec un couloir interminable, mais très lumineux, donnant sur les frondaisons du parc.

Enfin, ce n'est pas un appartement, se disait-elle en poussant les deux vélos pour entrer, c'est un entrepôt.

Il y avait peut-être un mot plus poétique pour le bazar de sa sœur, ses bouquins empilés par terre contre le mur, sa collection de cruches, de cadres anciens, ébréchés et abîmés si possible, de miroirs, de vêtements suspendus, chemisiers, chemises de nuit et autres nuisettes comme si elle se prenait pour Louise Bourgeois. Il y avait vraisemblablement une logique, un fil rouge à tout cet agencement de meubles et d'objets les plus divers. Il devait certainement y avoir une raison pour déposer des citrons un peu partout ou garder les bouquets de fleurs, roses ou tulipes, à pourrir dans leurs vases au-delà de toute limite raisonnable. Mais il ne fallait pas le demander à Lisbeth. Elle n'en avait aucune idée. Elle restait impénétrable devant ce désordre organisé. La même chose devant les deux vélos rouillés dans l'entrée et les grands formats du peintre belge au milieu du salon.

« Qu'est-ce que c'est, ces croûtes ? s'était-elle exclamée quand elle s'était retrouvée la première fois nez à nez avec les rondelles de tomates et d'aubergines sur un fond jaune dans le salon de sa sœur. — Des fragments de l'univers matériel tangible. Une révolte contre la représentation. Une tomate qui ne veut pas être réduite au mensonge de l'image, expliquait Lucie avec sérieux et entrain. — Arrête tes âneries, Lucie. — C'est ce qu'il dit, Afton. — Qui ? — Afton Diddens. Un Flamand qui vit à Paris, à trois rues d'ici. Il m'a demandé si je pouvais garder ces toiles chez moi. Quelques jours, le temps qu'il trouve un autre endroit... » racontait sa sotte de sœur avec sa petite voix douce, certes, mais aussi crédule et naïve.

C'était il y a cinq ans, et les croûtes n'ont pas changé de place. Sauf si Lucie, moins crédule et naïve qu'elle n'en avait l'air, préférait garder chez soi les œuvres que leur auteur, qui, visiblement, ne lui était pas indifférent.

En tout cas, c'est un fumiste, ce Belge... murmurait-elle en essayant de déplacer ses croûtes pour pouvoir balayer autour. Parce que moi aussi je peux aller acheter une toile, triturer la matière, terre, papier journal, glaise... la mélanger aux pigments, l'étaler sur la toile, puis y appliquer des rondelles d'aubergines, tomates séchées, piments, raisins secs, enfin, ça dépend de ce que j'ai dans mon frigidaire, et déclarer que c'est une œuvre d'art. Martin était peut-être séducteur, tombeur, enjôleur, brise-cœur, joueur, flambeur, mais pas imposteur. Quand il prenait son violon, il en sortait quelque chose. Il en sortait quelque chose de bien, surtout après le sexe. C'est ce qu'il disait. Qu'il avait besoin de beaucoup de sexe pour pouvoir bien jouer. Que la musique et le sexe, c'était la même chose. Le sexe et l'art, l'art et le sexe...

Lisbeth a donc rassemblé les croûtes du nabot belge, sauf celle qui était accrochée dans la cuisine, les aubergines justement, un tas d'aubergines sur un fond jaune vif. Elle a descendu les deux vélos à la cave. Elle a jeté les fleurs fanées. Elle a aéré, balayé... Elle a passé l'aspirateur dans la chambre de Lucie, miraculeusement préservée de son bazar : un lit, un vieux fauteuil en cuir, c'était tout. Elle a lavé les vitres, le carrelage de la cuisine et de la salle de bains. Et, pendant qu'elle y était, toute la collection de cruches, une par une, méticuleusement, une dizaine de spécimens différents.

Quand il n'y a plus rien eu à faire et que l'appartement a senti le propre, c'est-à-dire Ajax vitres et eau de Javel, elle s'est assise sur le canapé à côté de la fenêtre et a appelé Marc : « S'il te plaît, viens me chercher en voiture. Je n'ai pas la force de prendre le métro. Je suis exténuée... Je suis chez Lucie... » Évidemment, il fallait s'y attendre, il ne pouvait pas. Il était sur le point de sortir : un dîner chez une amie de Ghislaine, prévu de longue date. Une décoratrice, celle qui a conçu le restaurant du musée des Arts décoratifs. Elle ne connaissait pas ? Si, bien sûr qu'elle connaissait, c'est à côté du Louvre. Mais non, il parlait de la décoratrice, l'amie de... de Ghislaine, sa femme, mère de ses enfants, elle était au courant... Mais elle n'allait pas recommencer, ce n'était vraiment pas le moment... Non, ce n'était pas le moment, il avait raison... Mais que faisait-elle chez Lucie ? Du ménage. Du ménage, elle, Lisbeth ? Qu'est-ce qu'il se passait ? Parce qu'elle avait une drôle de voix...

Elle a raccroché, elle a éteint son téléphone. Elle ne voulait pas dire que sa petite sotte de sœur était à l'hôpital, un rein en moins et des métastases partout, et qu'elle allait certainement mourir. Elle ne pouvait pas prononcer ces mots-là. Ni ce soir ni pendant tout le temps qu'allait durer la maladie de Lucie.

# 16

Mais on peut le faire aussi comme ça, s'il veut, pense-t-elle en se décollant enfin de la fenêtre. On peut ouvrir un front, chacun sur sa position, feu et contre-feu. Elle sait comment s'y prendre, elle est plutôt habile à ce jeu-là.

Pour commencer, elle va mettre son rouge à lèvres : c'est pour répondre à sa question si on s'embrasse ou pas. Elle espère que c'est suffisamment clair et qu'il sait lire entre les lignes. Parce que c'est ça, être intelligent : savoir lire entre les lignes. Puis ça change tout, une bouche bien dessinée, bien présente, surtout si elle est jolie. Et c'est le cas de la sienne. On lui a toujours dit qu'elle avait une belle bouche. Une belle bouche conquérante. Despotique, disait Lucie quand elle voulait se chamailler avec elle.

Et maintenant elle va s'installer sur le fauteuil en velours noir. Elle va croiser ses jambes, d'une manière sensuelle, très sensuelle, comme elle sait le faire. Puis elle va ouvrir son sac et prendre son téléphone. Parce qu'il lui a donné une idée. En arrivant à l'aéroport de Reykjavík, elle ne voulait surtout pas l'allumer, pas ici, pas sur cette île paumée entre l'Europe et l'Amérique où elle est venue pour bien autre chose que pour consulter son courrier et répondre aux appels. Mais elle peut changer d'avis, elle n'est pas idiote.

— Bonjour, Silvia...

Elle voit qu'il tend l'oreille. Il s'est affalé sur le lit et fait semblant de lire un magazine touristique sur l'Islande, qu'il a trouvé sur le bureau. Voilà les deux mots qu'il est sans doute capable de comprendre. Tout le monde comprend : bonjour, Silvia. Même lui, petit Argentin de Buenos Aires. Un danseur de tango qui se fait payer pour danser. C'est tout ce qu'il sait faire probablement. Danser, passer ses nuits dans les bras de femmes comme Silvia.

— Lisbeth ? C'est toi ?

— Oui...

— Je ne t'entends pas bien. Attends, attends trois secondes, s'il te plaît, je vais arrêter la clim. Imagine-toi que ça marche. Ils l'ont réparée, il y a une semaine exactement, le lendemain de ton départ. Tu n'as vraiment pas eu de chance.

Silvia est reconnaissable à deux mille kilomètres. Personne ne parle comme elle, avec cet accent suisse traînant et sa voix de chef scout. Personne n'est capable de l'assaillir avec autant de détails de sa vie comme si l'on ne pouvait survivre une semaine sans avoir de ses nouvelles, qu'elle déverse toujours sans attendre et par le menu : il fait donc de plus en plus chaud à Buenos Aires, on bat des records de chaleur et d'humidité. C'est intenable. Mais depuis que la climatisation est réparée, ça change tout. Il fait presque froid à la maison. Elle est obligée de mettre un pull, un pull en plein été. Et elle peut enfin dormir. C'est-à-dire, elle peut dormir dans la journée. Elle peut se reposer. Parce que la nuit, elle danse. Elle danse de mieux en mieux. Bon, ce n'est pas avec Ros...

— Avec Ros ?

Il lève la tête. Voilà un autre mot qu'il doit bien comprendre.

— Oui, Ros. Le petit brun aux yeux de velours. Le beau mec qui danse comme un dieu. Tu ne t'en souviens pas ? Tu as été assise à côté de lui à table. Tu ne vois pas ? Non ? Lui, en tout cas, il se souvient de toi.

— Il se souvient de moi ?

— Il m'a posé un tas de questions.

— Sur moi ?

— La Française qui fait la tête. La Française qui n'aime pas le tango. Ça ne peut être que toi, non...

— Et qu'est-ce qu'il voulait savoir ?

— Pourquoi tu n'aimais pas danser. Si tu vivais seule, si tu avais des enfants... Je ne sais plus...

— Si j'ai des enfants ?

— Qu'est-ce qu'il y a ?

Elle ne sait pas pourquoi elle a haussé la voix. Ça l'agace toujours quand on lui pose cette question. Vous avez des enfants, Madame ? Non, et vu son âge, elle n'en aura certainement pas. Enfin, c'est peu probable, voire impossible. Elle n'a aucune intention non plus d'adopter un petit Africain, Colombien ou Vietnamien. Il lui semble qu'on peut vivre sans enfants. Être une femme nullipare et seule.

— Et lui ? Il en a ?

— Oui... Deux. Deux enfants de deux femmes différentes. Un garçon et une fille. Le garçon a quinze ans et la fille... Pour la fille, je ne sais pas. Elle ne doit pas être bien grande. Ça ne lui réussit pas trop, la vie conjugale. Il vit seul, en banlieue, près de Tigre. Tu vois à peu près où c'est, le delta du Tigre ?

Si, si, elle voit très bien, ce n'est pas la peine de lui faire un dessin comme Þóra Davidsdóttir.

— Depuis qu'il travaille avec le tango, il s'est acheté un vieux canot. Il navigue sur le fleuve. Il dit que ça le repose, qu'il n'y a rien de tel pour se vider la tête, pour être tranquille, pour réfléchir, pour voir plus clair. Il ne va pas danser toute sa vie. C'est ce qu'il dit. Il veut faire autre chose. Tu sais, on parle entre les tangos. On ne fait pas que danser, il ne faut pas croire ça. Il s'intéresse à plein de choses. À la politique, à l'initiative citoyenne, pour être plus juste. C'est un type étonnant. Il a plein d'humour. Il a une très belle peau aussi, je ne sais pas si tu l'as remarqué. C'est rare, les hommes avec une peau douce comme ça.

Elle se tourne vers lui. Une peau douce ?

— Il était électricien, si je ne me trompe. Pendant longtemps, il a travaillé sur les chantiers. Jusqu'au jour où une touriste américaine, avec laquelle il a dansé à une milonga, lui a demandé combien il gagnait par jour. Je te paie la même chose si tu danses une heure avec moi, lui a-t-elle proposé. C'est comme ça qu'il a commencé son nouveau travail. Avec le tango, il gagne en cinq, six nuits ce qu'il gagnait avant pendant tout le mois. Il donne des cours aussi. Et puis il apprend à danser aux gamins des bidonvilles... Deux fois par semaine, il va dans une école de quartier près de Tigre. Il m'a montré des photos. Des gamins, dix, onze, douze ans, Indiens pour la plupart, mal habillés, certains pieds nus, qui apprennent à danser. Ils sont drôles, enfin, non, ils sont sérieux, appliqués... Tu vois un peu ? Je ne sais pas si ça t'intéresse, ce que je te raconte...

— Si, si... Ça m'intéresse. Tu n'imagines pas à quel point. C'est bien pour ça que je t'appelle. Pour Ros.

— Non, arrête ! Je ne te crois pas.

— Tu as tort, ma grande.

— De toute façon, je ne le vois plus depuis quelques jours. Il ne répond pas au téléphone, il ne rappelle pas. Je ne sais pas ce qu'il fait en ce moment...

Il continue à feuilleter les pages d'un magazine sur l'Islande. Il doit écouter aussi, même s'il ne comprend pas un traître mot.

— Ce n'est pas toujours facile, la vie en Argentine. Pour les Argentins, je veux dire. Ça dépend pour qui, comme partout, sauf qu'ici c'est encore plus criant. Je n'ai jamais vu autant de pauvres que cette année. Des gens qui dorment dans la rue. Des familles entières, avec les enfants. Tu m'écoutes ?

Oui, elle l'écoute.

— Tu as bien fait de m'appeler, Lisbeth. Ça tombe bien.

— Oui, c'est ça. Ça tombe bien.

— Je reviens dans une semaine, je passe par Paris. Est-ce que je peux dormir chez toi ? Sur ton canapé ? Ou bien dans ton bureau ? J'ai un tas de choses à te raconter. Tu m'entends ? Tu es toujours là ? Lisbeth ?

Elle est toujours là, mais elle ne l'entend plus. Elle vient de couper la communication comme souvent quand elle veut passer à autre chose. Ça a coupé, je ne comprends pas... dit-elle si on insiste et on rappelle. Mais là, aucun risque, puisqu'elle vient d'éteindre son téléphone.

Elle devrait faire la même chose avec Silvia : couper. Ce n'est pas parce qu'elles se sont rencontrées, il y a quelques années, à un colloque sur la communication à Lausanne et que Lisbeth a oublié ses gants dans sa voiture. Ses petits gants orange en cuir doublé de cachemire, offerts par Marc à Venise. Et voilà qu'une semaine plus tard, de passage à Paris, elle se pointe devant sa porte avec ses gants orange en déclarant qu'elle ne les avait certainement pas oubliés par hasard, c'était un acte manqué, un signe... Quel signe, quel acte manqué ? Lisbeth n'est certes pas Lucie, mais il lui arrive d'oublier son parapluie ou ses gants, et ça ne veut rien dire. En tout cas, ce n'est pas parce qu'elle a oublié ces malheureux gants dans la voiture de Silvia qu'elle doit continuer à écouter sa voix qu'elle n'aime pas. Elle n'y peut rien. Elle bute toujours dessus. Elle peut fermer les yeux sur sa façon de s'habiller, de manger n'importe quoi à n'importe quelle heure, de traîner toute la journée au lit, de la soûler avec son tango et ses valeurs morales, de se croire unique, persuadée qu'elle passionne l'univers entier... Mais elle ne peut pas se boucher les oreilles et, au téléphone, elle n'entend que ça : sa voix perçante de chef scout. Elle se demande comment font les autres. Lui par exemple ? Ros ?

Elle se tourne vers le lit. Un bras plié derrière la tête, pieds croisés, le magazine devant les yeux, il fait toujours celui qui s'intéresse à l'Islande. Comment a-t-elle dit, Silvia ? Le petit brun aux yeux de velours ? Le beau mec qui danse comme un dieu et a deux enfants de deux femmes différentes ? Étonnant ? Plein d'humour ? Et il vit seul ? Près de Tigre ? Elle voit très bien où c'est. Elle y est même allée, un matin, pendant que Silvia dormait comme une souche après une nuit de tango. Elle a pris le train à la gare de Retiro, puis un bus, enfin, un *colectivo* comme ils disent là-bas, puis un petit bateau. Elle a marché le long des petits canaux du delta du fleuve Paraná. Il faisait trop chaud, elle n'est pas restée bien longtemps.

Mais comment Silvia peut-elle savoir où il habite ? Elle a dû aller chez lui, prendre le même train à la gare principale, le même *colectivo*... Peut-être que lui aime la voix de Silvia ? Ses jupes tsiganes, ses boucles d'oreilles en forme de poissons ? Son rire envahissant ? Sa grosse poitrine ?

Elle rallume son téléphone.

— Silvia ? Je ne sais pas si ce qui s'est passé.

— Ça a coupé.

— Oui, c'est ça. Qu'est-ce que je disais... Tu as couché avec lui ?

— Je ne comprends pas. Si j'ai quoi ? Couché avec qui ?

Il y a un drôle de bruit du côté de Silvia comme si elle était dans un train ou dans un bus. En tout cas, elle fait celle qui ne comprend pas.

— Avec Ros.

Il lève le nez, plonge son regard dans le sien.

— Je suis dans un taxi. Je ne t'entends pas bien. Où es-tu ? Qu'est-ce qui se passe, Lisbeth ?

— Rien...

— Comment rien ?

# 17

Rien, et ce n'est pas la peine d'insister. Elle ne va quand même pas aller lui raconter qu'elle est dans une chambre d'hôtel avec Ros, son petit Argentin. Elle ne va pas lui expliquer qu'elle lui a proposé de l'argent pour qu'il passe une nuit avec elle, une longue nuit à Reykjavík, franchement, elle ne sait pas où elle est allée chercher ça... en tout cas, ils y sont, dans une chambre d'hôtel avec vue sur le ciel, un Rothko noir total, n° 5 ou n° 7. Elle ne va pas non plus décrire la scène : elle assise devant une table improvisée, pas coiffée, pas maquillée, buvant du vin blanc, un peu trop d'ailleurs, surtout qu'elle n'a rien mangé, son saumon au raifort est toujours intact devant elle. Lui couché sur le lit à côté, chemise blanche, pull noir, cheveux lissés en arrière, un pied sur l'autre, à l'aise, c'est ça, très à l'aise, feuilletant un magazine, comme s'il était chez le coiffeur ou chez le dentiste, faisant semblant de s'intéresser à l'Islande. Il doit être minuit, ou bien pas loin, on perd la notion du temps avec une nuit qui commence en plein après-midi. Et il ne se passe rien, silence dans la chambre, silence entrecoupé de temps en temps par un drôle de bruit d'ascenseur. Mais non, ce n'est pas un bruit, c'est une montée d'angoisse.

Elle pourrait cependant lui dire la vérité. De toute façon, Silvia n'y croirait pas. Personne ne le ferait. On lui aurait dit, il y a quelques mois, qu'elle allait payer un homme pour qu'il couche avec elle, et ce sur une île paumée entre l'Amérique et l'Europe, juste en dessous de l'arc polaire, elle aurait levé les yeux au ciel.

Il y a quelques mois, elle avait bien autre chose en tête. Dès qu'elle avait un trou dans son emploi de temps, elle quittait son bureau. « Vous partez ? Vous avez un rendez-vous à l'extérieur ? Parce que je ne l'ai pas sur mon agenda... lui demandait Olga, la voyant fermer son ordinateur et mettre son manteau au milieu de l'après-midi. — C'est sûr que vous ne l'avez pas sur votre agenda... » opinait-elle du chef en passant à côté de cette grande nunuche en faux tailleur Chanel.

Elle traversait Paris en métro. Elle longeait le parc, splendidement automnal, et achetait quelques fruits à l'épicerie du coin. Elle montait les six étages. C'était devenu une sorte de rituel : ouvrir la porte, enlever ses bottes, parfois même sa jupe. Prendre le long couloir en passant devant toute la collection de cadres, miroirs et chemises de nuit. Aller faire un tour dans la cuisine, se préparer un café. Jeter des fleurs pourries, parce qu'il y avait toujours des fleurs pourries chez Lucie. Aérer, aspirer, arroser les plantes, laver les tasses qui traînaient un peu partout, même les cruches, toutes ces cruches qui n'avaient sans doute jamais été aussi propres.

— Mais tu ne peux pas les remettre à leur place ? Qui t'a demandé de toucher à mes affaires, Betty ? Qui t'a demandé de venir ?

— Quelle place ? Sur la pile de livres d'art et catalogues d'exposition, entre Manet et Morandi ? Par terre contre le mur du salon ?

— C'est ça.

— Parce que c'est le meilleur endroit pour ranger sa collection de cruches ?

— Exactement.

— Comme la salle de bains est le meilleur endroit pour mettre les plantes ? Et ce salon pour garder les croûtes belges...

— Flamandes...

— Et heureusement que j'ai descendu tes deux vélos...

— Qu'il faudra que je les remonte.

— Quoi ?

— Tu ne trouves pas que tu exagères un peu, Betty ?

Bien sûr qu'elle exagérait, elle n'allait surtout pas dire le contraire. Mais elle avait besoin de s'agiter, d'en faire trop pour ne pas céder à l'angoisse. Parce que Lucie n'allait pas mieux, même si elle faisait tout pour vivre normalement. Enfin, ce n'est pas comme ça qu'il faut dire : il n'y avait plus rien de normal dans la vie de sa sœur.

Pourtant elle s'efforçait de vivre comme avant. Elle se levait tôt. Toujours raccord, elle portait les mêmes pantalons larges, les mêmes tee-shirts ou chemises de seconde main. Elle allait s'asseoir dans le même café au coin de la rue, comme elle faisait depuis qu'elle habitait dans le quartier, pour laisser vagabonder son regard, pour exercer son œil. Elle continuait à s'acheter des brassées de tulipes mélancoliques ou des kilos de citrons qu'elle disposait un peu partout dans son appartement. Pour manger, comme à son habitude, elle ne variait pas les menus : c'était du pain, du miel, du fromage blanc. En revanche, son appétit visuel n'avait jamais été aussi dévorant. Elle travaillait du matin au soir, s'occupant de son livre et se lançant frénétiquement — néphrétiquement, disait-elle — dans de nouvelles séries, en couleurs la plupart du temps, avec beaucoup de jaune, d'or plutôt, l'or chaud et tranquille de l'automne. Et le soir, si elle ne tombait pas de fatigue, elle sortait avec le Belge.

Mais elle s'épuisait vite. Elle avait le souffle court, de gros cernes sous les yeux et avait encore maigri. Et l'immunothérapie, qui devait réparer, stimuler et restaurer ses défenses immunitaires, n'avait pas l'air de vouloir réparer, stimuler ou restaurer quoi que ce soit.

C'était pendant ces après-midi de rangement — de dérangement, comme disait Lucie — qu'elle avait commencé à regarder ses photos. Une fois terminé son remue-ménage, elle allait dans la chambre de sa sœur qui donnait sur le parc. Elle s'asseyait par terre : c'était devant le lit, à même le sol, à côté de la fenêtre, que Lucie faisait et refaisait la sélection de son livre. Tout était donc là, pêle-mêle, devant ses yeux.

Il y avait des photos qu'elle connaissait, comme son Simón Bolívar avec le pauvre chien dans les bras d'un homme chic à couper le souffle. Il y avait les petits vieux de la maison de retraite en Bourgogne, que Lucie appelait par leur prénom : Jean, Marie-Pierre, Alban, Marthe..., morts depuis, certainement, mais tous là, la regardant en face, gauches, tremblants, vivants. Il y avait ces scènes de la vie quotidienne dont Lucie avait le secret : gestes, visages, sourires dans les cafés, les bus, les trains, vus à travers une porte ou une fenêtre, comme ce jeune couple endormi dans un train, sans têtes — Lucie coupait souvent la tête, comme pour isoler le geste —, juste les bras et les mains entrelacés sur les genoux de l'homme, et le collant déchiré de la jeune femme, avec un gros trou qui bâillait sur la cuisse. Ou ce peintre en bâtiment, vu de dos, fatigué, assis par terre dans une boutique vide, devant les murs mauves et verts qu'il vient de peindre, comme si c'était un énorme tableau. Ou la brassée de tournesols fatigués dans l'évier, avec leurs têtes ébouriffées et quelques pétales dispersés, telles des feuilles d'or sombre.

Puis il y avait Martin, bien sûr, son sujet en or, son miracle de la Sainte-Cécile, son miracle tout court, photographique du moins. Il suffisait de voir trois, quatre photos pour s'en rendre compte. Le fameux diptyque par exemple, c'est-à-dire la tête de Martin de profil devant les genoux nus de Lucie, dans une pose presque identique, seul le regard changeait, les yeux de Martin ouverts sur la première photo, et fermés sur la seconde. Sa plus belle composition et, à coup sûr, la plus énigmatique. Plus on s'approche de quelqu'un, plus il devient l'énigme, se disait-elle en observant le beau visage de Martin sur la surface blanche et lisse des cuisses de Lucie. Mais que fait-il devant ses genoux ? Que regarde-t-il ? À quoi pense-t-il ? À l'autre sœur pendant qu'il ferme les yeux devant la première ? Ce serait ça, l'histoire du diptyque ? La raison pour laquelle Lucie l'avait appelé *Familiarité*, comme écrit sur le dos de la photo ?

Il y avait même ses portraits à elle, la petite série des Vierges Marie dans la baignoire, et celui au café Le Fumoir, avec le bus 57 derrière elle.

Restait quelques clichés qu'elle ne connaissait pas. Elle a allumé la lampe à côté du lit : on ne voyait plus grand-chose, le parc en bas était déjà noyé dans la nuit.

C'était une série toute récente d'autoportraits en couleurs, réalisée d'une manière frontale, rapide, nette, comme s'il fallait faire court, émotif et central. Lucie, assise devant le mur jaune de sa chambre... Lucie, sourire tremblant, sa peau si translucide qu'on voit la veine bleue sur le front.... Lucie, son long cou, trop long, tendu comme une corde... Lucie, en soutien-gorge, un bras qui enlace l'autre... Lucie, les yeux fermés et les mains croisées derrière la nuque...

Elle ne s'est pas rendu compte tout de suite

qu'il y avait une légende en dessous de chaque photo. Une inscription, toujours la même, écrite à la main, avec la belle graphie régulière de sa sœur, avec ses jolis *i* et ses *r* qu'il fallait connaître pour pouvoir déchiffrer la phrase : « Je vais mourir. » *Je vais mourir/1... Je vais mourir/2... Je vais mourir/3... Je vais mourir/4... Je vais mourir/5...*

## 18

Elle ferme les yeux. Elle n'en peut plus. Elle n'en peut plus de regarder ces photos. Ni de rester assise devant ce plat de saumon froid. Ni de mordiller sa lèvre, despotique ou non... Il faut qu'elle fasse quelque chose.

— Je vais me mettre à côté de toi, laisse-moi un peu de place, dit-elle en se levant d'un bond.

Il pose le magazine sur son ventre, un bras sous sa tête, et se tourne vers elle, lentement, comme s'ils étaient à la plage et qu'elle lui cache le soleil.

C'est quoi, cette nonchalance, ce sourire impénétrable ? Qu'est-ce qu'il a à la dévisager de la sorte ?

Elle peut s'allonger, non ? Elle peut se coucher à côté de lui. Elle peut feuilleter un magazine, elle aussi, ou bien un livre, elle doit en avoir un dans son sac. Elle peut se mettre à chantonner, réciter un poème, faire des mots croisés, écouter de la musique...

Mais que regarde-t-il au juste ? Sa jupe étroite ? C'est sûr qu'elle a une jupe bien ajustée et qu'il n'est pas facile de s'allonger confortablement avec ce genre de vêtement. Ses cheveux qui ont séché tout seuls? Son grand front austère? Ses petites rides qui partent en vagues sur les joues? Ou bien sa bouche, rouge, trop rouge, certes, conquérante et despotique, comme on veut, mais aussi pincée, serrée, amère, elle le sait bien, elle la connaît, elle la sent de l'intérieur, cette bouche qui fait la tête, lui donne un air maussade et l'assombrit, comme sur les photos de sa sœur? Elle a une manière bien à elle, dure, de serrer la bouche. C'est ce qu'elle a appris sur les photos de Lucie. Ça sert aussi à ça, les photos. À se voir comme on ne se voit jamais soi-même.

— Merci... dit-elle avec force quand il daigne enfin bouger de quelques centimètres pour qu'elle puisse s'allonger à côté de lui.

— De rien... réplique-t-il au sarcasme par le sarcasme.

C'est vrai qu'elle a une jupe étroite. Elle n'a pas enlevé ses bottes. Elle n'est pas coiffée, elle a mis trop de rouge sur ses lèvres. Elle a l'âge qu'elle a et n'a aucune intention de se faire tirer la peau, pas pour le moment en tout cas, et puis, de toute façon, ça vieillit, la chirurgie esthétique, ça se voit à deux kilomètres. Elle ne saute pas de joie non plus, elle ne va pas dire le contraire, et il doit bien s'en rendre compte, il n'est pas aveugle.

Enfin, non, il ne le voit pas, justement. Il ne la regarde pas.

Mais c'est réciproque. Elle ne le regarde pas

non plus. Ils sont sur le même lit, côte à côte, à quelques centimètres seulement l'un de l'autre. Lui toujours un bras replié derrière la tête et ce même magazine islandais sur la poitrine, elle mains jointes sur le ventre, pieds croisés. Ils regardent devant eux, c'est-à-dire le plafond. Ils ne bougent pas, ne se touchent pas. Ils respirent, c'est tout.

Elle sent le poids de son corps, le matelas qui s'enfonce un peu plus de son côté. C'est le poids d'un corps étranger. Parce qu'un corps étranger et indifférent doit être bien plus lourd qu'un corps familier et aimant. C'est ça, se dit-elle en écoutant leurs souffles et celui de l'ascenseur, ils pèsent une tonne à eux deux.

En tout cas, il n'a jamais été aussi loin depuis qu'il est arrivé. C'est au moment où ils sont le plus proches — si elle bougeait son bras d'un centimètre ou deux, elle le toucherait — qu'ils sont le plus éloignés. Merci. De rien. C'est bien dit. On ne pourrait pas mieux.

# 19

Tu devrais tirer la couverture et fermer les yeux, Lisbeth. Tu es fatiguée. Ça fait un moment que tu es dans cette chambre d'hôtel. On ne se rend pas compte, mais le temps passe même si on ne fait pas grand-chose. Si on prend une douche, si on attend que quelqu'un se réveille, si on fait un tour d'ascenseur, si on commande un dîner dans la chambre, si on parle au téléphone... Si ça traîne, si on ressasse les vieilles histoires, si on est triste, s'il ne se passe rien... Si on trouve que le temps est long, il passe quand même. Il est tard sans doute. Onze heures, minuit, plus même... Difficile de savoir avec cette nuit qui tombe en plein après-midi. D'habitude, à cette heure-ci, elle est déjà démaquillée, en pyjama, buvant la dernière gorgée de tisane au tilleul et à la mélisse, prête à aller au lit.

Alors essaie de t'endormir, Lisbeth.

Vas-y.

Ferme les yeux, alourdis tes paupières, compte les moutons.

Fais un effort, il y a quand même pire qu'essayer de s'endormir.

Une demi-heure, une petite demi-heure, pas plus.

Ce sera assez. Assez pour récupérer. Assez pour faire une coupure, créer une discontinuité, le sentiment de recommencer. C'est ce qui rend la vie supportable, la nuit, le sommeil, l'oubli. C'est ce qui fait qu'on peut continuer, tu le sais bien.

Ce sera tout de suite une autre nuit. Déjà elle n'aura plus froid, elle n'aura plus mal à la nuque, les fourmis seront parties ailleurs. Elle sera soudain décrispée, lissée, détendue. Elle ouvrira les yeux et commencera par sourire, ça change tout, un sourire sur ta bouche, ça te rend aimable, disait Lucie. Puis elle se tournera vers lui et enlèvera son magazine islandais : ce sera quand même mieux pour se parler, ne trouve-t-il pas ? Parce qu'ils pourraient se parler. Ils pourraient reprendre leur conversation de tout à l'heure, quand ils étaient assis l'un en face de l'autre à table et qu'ils se sentaient bien. Enfin, elle se sentait bien. Après un début de nuit pas vraiment drôle, après le court épisode de la Russe dans l'ascenseur, encore moins drôle, c'est certain, tout allait enfin mieux. Une jolie table, nappe blanche, les bougies... Du vin blanc bien frais... Le ciel tout proche, un Rothko noir intégral. Puis ce relâchement, la sensation du petit feu qui barbote dans les veines après quelques gorgées d'alcool sur l'estomac vide. Il lui aurait fallu juste enlever ses bottes pour être encore plus à l'aise, plus nue et désarmée.

Lui aussi semblait à l'aise, détendu, content d'être là, mangeant son sandwich et ses frites avec appétit et plaisir, frottant ses lèvres l'une contre l'autre pour essuyer sa bouche, une belle bouche qui donnait vie à son visage, et envie aussi. Content de lui raconter l'histoire d'une certaine Gricelda, Gricelda Morales qu'il va chercher tous les jeudis en taxi pour l'emmener danser.

Voilà, ils pourraient reprendre là. Avec Gricelda Morales, psychanalyste qui vit près du Botanico — qu'elle connaît d'ailleurs, ce n'est pas loin de la maison de Silvia, enfin la maison qu'elle est en train de louer — et sort une fois par semaine pour aller danser avec lui.

Parce que, finalement, ça l'intéresse. C'est vrai que ce n'est pas banal, une vieille dame, une psychanalyste par-dessus le marché, même si ce n'est pas une rareté à Buenos Aires, qui va danser toutes les semaines avec un jeune homme. Enfin, il ne faut pas exagérer, elle ne doit pas être si vieille et lui n'est pas si jeune non plus. Ses patients la paient pour pouvoir vider leur sac de névroses sur son divan : ils aiment ça, les Argentins, aller vider leur sac de névroses. Et elle, de son côté, paie quelqu'un qui vient la chercher pour l'amener danser le tango : ils aiment ça aussi, les Argentins. Alors, tous les jeudis, elle se prépare pour aller danser. Elle met une belle robe, une belle paire de chaussures, de beaux bijoux. Quand ça sonne, elle sait que c'est lui. Elle dit bonsoir à son mari, elle descend. Il l'attend dans le taxi. Lui aussi s'est fait beau, chemise bien repassée, pantalon impeccable, chaussures pareil. Ils se saluent, ils donnent l'adresse au chauffeur. Ils aiment bien rouler en taxi ensemble, ils aiment bien regarder filer les longues rues droites de Buenos Aires. C'est leur ville, ils aiment son odeur, son bruit, ses arbres. Même la chaleur et la pollution, ça ne les gêne pas. Même la misère, tous ces gens dans la rue qui fouillent les poubelles, ils ont appris à faire avec. Ils sortent à Maipu ou à Scalabrini Ortiz, ça dépend. Il la laisse passer, lui tient la porte. On les place toujours à la même table : le monde du tango est un monde de codes et de rituels. Elle est ravie d'être là, parmi ces gens qu'elle connaît à peine, à côté de cet homme qu'elle ne connaît pas tellement mieux non plus, mais assez pour se sentir bien à côté de lui, boire un verre de mauvais champagne et écouter des tangos de sa jeunesse. Et elle sait que quand il y en aura un qui lui plaira particulièrement, il va se lever et va l'amener sur la piste. Il va glisser sa main dans la sienne, il va l'entourer de son bras et va l'entraîner dans la ronde. Elle ne se tient pas bien droite, son *abrazo* est loin d'être parfait, ses pas ne sont pas assurés. Elle a des rhumatismes aux genoux. Et puis elle ne connaît pas toutes les *sacadas, mordidas, ganchos, giros*... À la regarder de loin, ce n'est certainement pas la grande classe. Il y en a même qui doivent la trouver parfaitement ridicule. Mais elle danse les yeux fermés et, pendant le temps d'un tango, rien n'existe à part la musique, elle et cet homme qui la tient dans ses bras. Et lui est fier d'être cet homme.

C'est à peu près ce qu'il a voulu lui dire tout à l'heure quand ils étaient assis face à face. C'est comme ça que ça doit se passer avec Gricelda Morales, n'est-ce pas ? Elle s'imagine du moins, elle a un peu plus d'imagination qu'elle n'en a l'air. Puis elle y est quand même allée, à Buenos Aires. Elle est allée dans une milonga aussi, il s'en souvient peut-être... En tout cas, elle ne l'interromprait pas cette fois, elle lui poserait même des questions. Sur Gricelda, mais aussi sur lui. Elle voudrait bien le connaître mieux. Elle voudrait l'écouter parler.

Puis la nuit, tout est différent. On ne se parle pas de la même façon la nuit que le jour. On ne dit pas les mêmes choses non plus. Même la voix change : elle se fait plus caressante, plus confiante, comme si elle se déshabillait. Il y a une excitation à parler de soi, surtout si on va aller au lit après. Enfin, ils y sont déjà, eux...

## 20

Mais ce n'est pas la peine de rêver : elle n'y arrivera pas. Elle se connaît. Elle est incapable de s'endormir à côté d'un homme inconnu, même à côté d'un homme tout court. Impossible, elle ne sait pas faire.

Elle sait gagner de l'argent, c'est-à-dire travailler bien, mener une équipe, prendre des décisions, être rapide, réactive et efficace. Elle sait négocier, ne pas lâcher, tenir bon et avoir raison. Elle sait voyager, changer d'aéroport, jongler avec les fuseaux horaires. Elle sait s'habiller, ça veut dire mettre ce qui lui va : jupes ajustées, pulls décolletés, vestes bien taillées, le tout très feu sous glace, comme disait Lucie. Elle parle cinq langues, dont trois couramment. Elle est capable de réparer un lave-linge, le sien, en tout cas. On peut lui faire confiance pour la cuisine, elle sait s'y prendre, choisir ses légumes et ses fruits, préparer des soupes froides, des risottos aux fleurs de courgette ou des tagliatelles aux cèpes... Elle connaît le vin, tout le monde en convient, Marc en premier : c'est Madame qui goûte, dit-il quand ils vont manger au restaurant et qu'on leur apporte une bouteille. Elle sait s'informer, c'est-à-dire lire entre les lignes et comprendre que chaque jour, partout dans le monde, on remplace la réalité par des mensonges plus ou moins acceptables. Elle sait s'indigner, pour ces mêmes raisons, ou pour d'autres, trop nombreuses à énumérer en détail. Elle se débrouille plutôt bien au lit, il lui semble du moins, on le lui dit souvent, même si, là aussi, on n'est jamais loin des mensonges et qu'à vrai dire elle n'a aucun élément de comparaison. Grâce à sa sœur, elle sait reconnaître un Kertész, un Cartier-Bresson, un Evans, une Model ou une Arbus. Elle est imbattable sur Rachmaninov et pourrait donner une conférence sur Rothko, son peintre favori. Et puis elle n'a pas besoin d'appareils sophistiqués comme Marc Bertaud pour détecter le faux : il est partout, tout le monde plagie tout le monde, la moindre chose est copiée aussitôt, chaussures, vêtements, livres, musique, sans parler du mensonge de l'image, comme dirait Afton Diddens, plus personne n'a son vrai visage sur une photo, on efface les rides, on regonfle les joues, on redessine la bouche, on affine le nez... Que reste-t-il de vrai dans ce monde du faux ?

Mais elle ne sait pas s'endormir à côté d'un homme. Finalement, ce n'est pas étonnant qu'elle ne dorme presque jamais avec Marc. Et ce n'est sans doute pas pour rien non plus que Mehdi lui propose de la ramener chez elle, bien qu'il soit déjà deux heures du matin et qu'ils aient vidé une bouteille de vin.

Alors ce n'est même pas la peine d'essayer. Elle ne s'endormira pas. Rien ne recommencera, surtout pas cette nuit qui continue à s'écouler comme un sombre fleuve sans merci.

Que peut-elle faire donc à part scruter le plafond, écouter l'ascenseur qui gémit et la rend folle, et trouver que le lit est trop large ?

C'est ça, il est trop large. Il est plus large que long. Elle n'y a pas fait attention en arrivant. Elle n'a pas vu que c'était un *kingsize* dans lequel on peut dormir à un kilomètre l'un de l'autre. D'ailleurs, est-il encore là ? Il respire à peine, ne bouge pas. Il n'a pas bougé d'un doigt depuis qu'ils sont allongés côte à côte dans ce grand lit. Son corps est toujours la même masse lourde et inerte. Il s'est peut-être même endormi. Endormi, c'est ça, pendant qu'elle ressasse ses frustrations et ses insatisfactions.

Mais qu'attend-elle de lui ? Les femmes attendent trop des hommes. Elles attendent surtout ce qu'on ne peut ou ne veut leur donner. Personne ne devine leurs rêves et leurs sentiments, toujours plus élevés que ceux des hommes. C'est comme ça, elle sait bien : il ne faut pas demander des oranges aux pommiers.

Mais eux ne sont pas dans ce cas de figure. Il y a toujours la même enveloppe avec les dix billets de cinq cents euros qui attendent sur le bureau. Et elle n'y est pas pour rien. Ça change tout. Pour une fois, elle peut demander ce qu'elle veut à un homme.

# 21

Alors que voudrait-elle de lui ? Qu'il passe la main sur sa bouche et enlève son rouge à lèvres ? Qu'il l'embrasse, comme il le lui a proposé tout à l'heure, mais pas froidement, ironiquement, telle une punition ? Qu'il se déshabille encore une fois en prenant tout son temps ? Qu'ils se mettent sous les draps et qu'il l'attire dans une étreinte chaotique, au sens étymologique du mot ? Qu'il lui parle, qu'il lui dise des phrases torrides ? Ou bien qu'il fasse comme Marc Bertaud après leur rencontre sur le vol de nuit Tokyo-Paris ?

Parce que quelques jours après l'avoir abandonné à l'aéroport de Roissy aux bras de sa femme et mère de ses enfants, elle n'a trouvé rien de mieux que de l'appeler. C'est moi, a-t-elle dit comme s'il ne faisait rien d'autre qu'attendre son appel. Il lui a donné rendez-vous le soir même dans une chambre d'hôtel, rue Malher, près du métro Saint-Paul. Elle est passée par chez elle pour se préparer à la hâte, douche, shampoing, épilation, vernis à ongles, parfum, elle tenait à être parfaite. Quand elle est arrivée avec une demi-heure de retard — monsieur Bertaud vous attend dans la chambre 23, deuxième étage, lui a-t-on dit à la réception —, il lui a ouvert la porte sans prononcer un mot. Sans préliminaires, il l'a emmenée jusqu'au lit. Sérieux, concentré, il a enlevé ses bottes, l'une après l'autre, puis sa jupe, son collant, sa culotte... Puis toujours en silence, comme elle l'a fait avec lui, il s'est penché sur son sexe, il a approché sa bouche de cette chose la plus à vif en elle, et a commencé à la lécher avec une douceur machiavélique. Éberluée, ébahie, estomaquée, elle a mis un certain temps à s'abandonner. Et quand elle a commencé enfin à se laisser faire, à aimer ça, à participer à son jeu, à se tendre et à se tordre sous sa langue, à se retrouver soudain prête à voler, à tomber, à ne plus savoir qui elle était, il a introduit un doigt dans son vagin, comme pour atteindre sa paroi la plus secrète et la précipiter hors d'elle avec encore plus d'éclat.

« Arrête, arrête... » a-t-elle supplié en se couvrant les yeux. Elle avait presque honte de la série de vagues violentes qu'il avait provoquée en elle. « Non, on n'arrête pas. C'est maintenant que ça va vraiment commencer entre nous, a-t-il dit en retirant les mains de ses yeux. Tu veux bien, Lisbeth ? »

— Qu'est-ce qu'elle a dit ?

Elle se tourne vers lui. Est-ce qu'elle a bien entendu ? Aurait-il enfin bougé ? Aurait-il pris la peine d'ouvrir la bouche ?

— Tu parles de qui ? demande-t-elle enfin.

Il n'est donc pas en train de dormir. Son bras est toujours derrière la tête, ses yeux la regardent fixement et sa bouche semble esquisser un sourire fuyant.

— De ton amie suisse. C'était bien elle que tu as appelée, non ?

Mon amie suisse, répète-t-elle tel un écho. La flamboyante Silvia aux gros seins, jupes à fleurs et boucles d'oreilles jusqu'aux épaules, encore elle ? Celle qui plonge son bras loin dans son dos quand elle danse avec lui et revient s'asseoir à table en murmurant d'un air bêtement béat : Il est parfait.

— Elle a dit qu'elle avait couché avec toi.

— Quoi ? Redis-le, s'il te plaît. Parce que je ne l'ai pas entendu.

— Si, si, tu l'as entendu.

Elle ne sait pas pourquoi elle a dit ça. C'est ce bras sous sa nuque. Ce regard imperturbable, ce cou lisse et le triangle de peau sous sa chemise déboutonnée. Cette bouche qui ne veut pas s'approcher de la sienne. Cette nuit qui n'avance pas.

Soudain, il roule sur le dos et se met à ricaner.

— Vous êtes folles, toutes... murmure-t-il entre les dents.

Puis il se lève, brusquement, bruyamment, et disparaît dans la salle de bains.

# 22

Elle continue à fixer le plafond : il y a quelque chose qui ne va pas. Il y a quelque chose qui ne va pas depuis le début. Elle a dû faire un faux pas, prendre une mauvaise direction, perdre le nord, s'égarer dans le brouillard... Parce qu'il ne faut pas renverser la situation : elle ne le paie pas pour dormir. Elle ne le paie pas pour feuilleter un magazine touristique, pour ricaner ou aller s'enfermer dans la salle de bains !

Calme-toi, Lisbeth, se dit-elle en se levant tout aussi brusquement que lui.

Calme-toi, calme-toi, calme-toi... répète-t-elle en marchant bruyamment en long et en large, puis s'immobilisant enfin devant le miroir.

Qu'est-ce que tu as à t'énerver comme ça ? Regarde la tête que tu fais ! Ton pauvre front. Ta bouche qui ne peut pas descendre plus bas. Ta mâchoire qui va se bloquer à force de se crisper. Et cette douleur dans la nuque... Assieds-toi, ferme les yeux, respire...

Oui, elle va s'asseoir. Elle va s'asseoir comme au bureau quand elle n'en peut plus des réunions, des rendez-vous, des entretiens, du téléphone qui sonne, des mails qui arrivent par paquets... Je ne suis pas là, Olga, je prends un cours de chinois, une voiture m'est rentrée dedans, on m'a cambriolée, trouvez quelque chose, débrouillez-vous, inventez... Elle pousse la porte, enlève ses bottes, se met en Shiva, c'est-à-dire un pied en lotus et l'autre replié de côté : c'est sa façon d'être à l'aise. Puis elle ferme les yeux pour sentir l'air qui passe par ses narines, d'abord les deux en même temps, puis l'une après l'autre... Puis elle s'imagine en train de remonter son petit torrent vert clair, l'eau jusqu'aux genoux, l'eau bien fraîche, bien ruisselante, bien vivante.

Oui, elle va faire ça. Cinq minutes, le temps de remonter doucement son torrent. Le temps qu'Eduardo Ros sorte de la salle de bains. Parce qu'il va bien finir par sortir. Il ne va quand même pas s'enfermer dans les toilettes le reste de la nuit.

Mais que fabrique-t-il ? Il n'est pas en train de prendre une douche. Il ne fait pas couler l'eau du robinet, il ne tire pas la chasse d'eau... Aucun bruit derrière la porte de la salle de bains. Aucun bruit tout court, juste ce souffle étouffé de l'ascenseur comme une montée d'angoisse.

Quelle heure est-il ? Depuis combien de temps est-elle là, dans cette chambre d'hôtel ? Elle est fatiguée. Elle a mal au cou. Elle n'en peut plus. Alors c'est sûr qu'elle devrait se calmer, respirer profondément, essayer de remonter son torrent. Non, elle ne va pas se calmer, elle ne va pas respirer profondément, ni remonter le torrent : elle n'est pas venue sur cette île de glace et de feu pour faire des exercices de méditation.

— Qu'est-ce que tu fais ? demande-t-elle en se levant d'un bond.

Debout devant la porte, elle attend.

— Mais qu'est-ce que tu fais ? répète-t-elle plus fort.

Il lui semble l'entendre bouger dans la salle de bains. Un petit bruit étrange, pressant.

— Tu ne peux pas me dire ce que tu fais ? dit-elle de plus en plus excédée, essayant d'arrêter le flot de colère impuissante qui monte vers la gorge.

— Je me masturbe.

Elle reste immobile, comme si elle avait besoin d'un certain temps pour comprendre la signification de la phrase, puis ouvre la porte avec éclat. Il est assis sur le rebord de la baignoire, bras croisés, bouche légèrement ouverte, prête à esquisser un sourire froid et méprisant.

— Tu te masturbes ?

Il ne répond pas, la fixant d'un regard calme, imperturbable.

— Tu te masturbes ?

Mais est-ce bien elle qui crie comme ça, en répétant trois fois la même chose ? Est-ce elle qui serre la bouche comme une forcenée ? Est-ce elle qui le déteste, c'est ça, elle le déteste et a envie de le gifler ? Non, c'est lui, elle le voit bien, il va le faire, il va le faire...

Elle ferme les yeux. Il la repousse pour pouvoir

passer et sortir de la salle de bains. Elle l'entend s'affairer à côté.

— Qu'est-ce que tu fais ? demande-t-elle, étonnée que sa voix soit encore audible.

Il cherche dans le placard. Il marche dans la chambre. Il ouvre la porte.

— Je sors...

# 23

Non, il n'a pas dit : je sors. On ne peut pas dire : je sors. Il y a des choses qu'on ne peut tout simplement pas dire ou faire. On ne peut pas prononcer ces mots-là. C'est impossible. Ils n'en ont pas convenu ainsi. Elle n'est pas venue à Reykjavík pour se retrouver toute seule dans une chambre d'hôtel... crie-t-elle sans voix en se précipitant à la porte, se cognant contre le fauteuil, se cassant presque la figure sur le parquet glissant.

Si, il est sorti : il n'y a personne dans le couloir qui mène à l'ascenseur.

Elle se mord la lèvre, puis éclate d'un petit rire railleur, ricaneur. « Heureusement que tu as de l'humour... » lui dit Mehdi de temps en temps.

De l'humour ? Elle enlève ses bottes et les envoie valser sur le parquet. Avec les amants magnifiques qu'elle a, il vaut mieux, c'est sûr.

Mehdi Khader, cinquante-deux ans, informaticien dans une ONG, fils d'émigrés marocains, cinq frères, trois sœurs, adolescence difficile, délinquance, solitude, puis soudain basculement total, décision de s'en sortir, de réussir son bac, de faire des études, d'avoir un travail bien payé, tout en menant une vie qui lui plaît. Ou comme il dit : j'ai cinq chemises, deux pulls, trois pantalons, mes bouquins, ma musique, une vieille bagnole, je ne manque de rien, je peux aller où je veux, je ne dois rien à personne, j'essaie de vivre les yeux ouverts... Et ce n'est pas tout à fait faux. Elle les connaît, ses chemises passées, son jean, son pull marron, ses chaussures à lacets, sa veste en velours noir, toujours la même. Elle connaît ses livres, qui, comme chez Lucie, s'entassent partout : Lao-tseu, le Yi-king, Hafiz, mais aussi Tolstoï, Dickens, et même un certain Nasreddin Hodja... Elle connaît ses musiques, flamenco et opéra, c'est ce qu'il lui fait écouter pendant leurs trajets en voiture à Bois-Colombes. Puis Bois-Colombes, son drôle d'appartement tout en longueur, à peine meublé, cuisine ouverte sur une large pièce qui sert de salon et de chambre, donnant sur un potager avec salades et plantes aromatiques. Ses incontournables boulettes de viande — c'est ce que je fais de mieux, que veux-tu, mon chou, dit-il en plissant ses pattes d'oie — et la coriandre fraîche qu'il met avec. Sa façon d'ouvrir la bouteille de vin rouge, bien calée entre les genoux. Son odeur d'homme modeste et droit, sans fioritures. Et cette manière qu'il a de se mettre en face, de la regarder comme si lui aussi se demandait ce qu'elle pouvait bien faire chez lui, cette femme qui lui ressemble si peu, enfin, non, elle ne lui ressemble pas du tout, ce qui n'est pas une raison pour qu'elle ne soit pas là, au contraire, c'est ça, l'infinie beauté du monde, dit-il, la vie qui fleurit. Alors quand la bouteille est déjà bien entamée et qu'ils ont fumé chacun une cigarette, il s'approche — elle reconnaît bien ce moment-là aussi —, pose une main sur le haut de ses seins et sur son cou, lui enlève ses lunettes et l'attire vers le lit, pour goûter la vie qui fleurit.

Et quand, plus tard, il la ramène dans sa vieille bagnole et qu'au moment de sortir il lui dit : « À la prochaine fois, mon chou... », il y a toujours un moment de silence. Elle se met à contempler les poubelles devant la porte de son immeuble. Puis Mehdi, son grand front, ses pattes d'oie, ses rides bienveillantes qui s'entrelacent sur ses joues. Puis de nouveau les poubelles. « Tu ne le sais pas ? Tu ne sais pas si tu veux être encore mon chou ? » demande-t-il doucement, sans bouger. Oui, c'est ça, exactement, elle ne sait pas si elle veut être encore son chou, se dit-elle en mordillant sa lèvre. Sur quoi, elle sort de la voiture et claque la portière.

C'est ce qu'elle devrait faire avec Marc Bertaud. Claquer la porte, quitter la scène, s'avouer vaincue : je vous le rends, Madame, il est à vous, vous pouvez le reprendre. Il est intact, oh, non, il est mieux, bien mieux qu'il y a cinq ans. Quelques cheveux en moins, mais plus d'assurance, plus d'aisance, plus de goût, il suffit de le regarder. On apprend toujours quelque chose sur soi dans une relation. On s'améliore.

Marc n'est pas Mehdi, évidemment. Il n'a pas cinq chemises, une vieille bagnole, quarante mètres carrés donnant sur un potager à Bois-Colombes. Il ne travaille pas dans une vague ONG qui lutte pour l'eau potable et l'assainissement. Marc Bertaud, c'est du vrai, du solide, de l'authentique : « Un climat de confiance dans un monde d'incertitude. » Avec Ghislaine et leurs deux fils, il vit dans une des tours du quai de Grenelle. Je vois tout Paris quand je me rase devant la fenêtre de ma salle de bains, dit-il.

Quoique ça ne lui arrive pas si souvent. Il se rase plutôt à Lausanne, à Budapest et à Istanbul, où sa société possède des filiales. Il travaille du matin au soir et gagne beaucoup d'argent dont il ne profite même pas. Comme Lisbeth, il sait jongler avec les décalages horaires, faire des siestes dans les aéroports, manger bien à Istanbul, à Tokyo ou à Buenos Aires. Il ne se déplace pas sans un livre dans sa poche. Il collectionne les œuvres d'art et il a une maîtresse, évidemment, toujours la même depuis leur mémorable vol de nuit Paris-Tokyo. C'est lui qui le dit. Il le dit surtout quand elle commence à se rebiffer, à poser des conditions, à ne plus vouloir l'accompagner à Istanbul où il doit se rendre assez souvent. Elle en a par-dessus la tête de son Istanbul, la chambre au quinzième étage de son hôtel de luxe avec vue sur le Bosphore, piscine au rez-de-chaussée et hammam au sous-sol. Marre d'errer toute seule, pieds nus, chaussures dans un sac en plastique, dans la Mosquée bleue ou Sainte-Sophie, de manger des kebabs et autres brochettes pendant que monsieur Bertaud du Chauvignet — son patronyme en entier — traite de l'encre infalsifiable avec les autorités turques. Non, ça suffit comme ça, il faudra trouver autre chose.

« Tu n'as plus envie de prendre l'avion avec moi ? Parce que tu ne te souviens plus de notre premier vol, Lisbeth ? Un vol magique, inoubliable... Jamais il ne m'est arrivé quelque chose comme ça. Et si je pense qu'on s'est retrouvés côte à côte par hasard. Comme quoi la vie fait bien les choses, tu ne trouves pas ? »

Il ne sait pas que la vie c'était elle et qu'il a tout faux, lui, le grand expert en faux justement. À la tête d'une entreprise florissante, il passe son temps à combattre la falsification. Parce que tout est contrefait dans ce monde, pas seulement les sacs Vuitton, les montres suisses et les billets de banque. Il y a de la fausse vodka qui se vend en Russie, de la fausse huile d'olive qui se pavane dans des emballages sophistiqués, des fausses bouteilles de Pepsi qui circulent en Turquie, des fausses pièces de rechange qui sont montées dans les voitures. Et attention, plus grave, beaucoup plus grave, les faux médicaments, fabriqués à Medellín, ou en Inde, et en vente sur Internet. Et l'on peut évidemment continuer... Mais Marc Bertaud du Chauvignet a une solution pour tout, il suffit de demander : de l'encre de sécurité et des vernis spéciaux pour l'authentification des billets de banque, un système de vignettes pour contrôler la vie d'un produit, un appareil détectant les fausses montres, et ainsi de suite... Un climat de confiance dans un monde d'incertitude : voilà sa devise. Il chasse le faux partout, sauf chez lui, vive la duplicité et la duperie, on connaît la chanson. Mehdi a raison : mieux vaut en rire.

Et lui, Eduardo Ros, même pas amant? pense-t-elle en se levant et poussant ses bottes avec un grand coup de pied. Le petit brun aux yeux de velours? Électricien, c'est ça, jusqu'au jour où on lui a proposé de danser pour de l'argent? Un drôle de type qui a deux enfants de deux femmes différentes et qui vit seul dans la banlieue de Buenos Aires? Le beau mec qui sort Gricelda Morales, fait rire Silvia et pâmer toutes les autres, et donne accessoirement quelques cours de tango aux gamins des bidonvilles? C'est tout ce qu'elle sait de lui. Non, elle sait comment il mange, comment il s'essuie la bouche en frottant les lèvres l'une contre l'autre. Elle sait qu'il a une peau mate et une petite cicatrice sur le ventre. Il doit bien aimer se masturber dans les salles de bains. Et puis, c'est drôle, elle n'y pense que maintenant, elle connaît son adresse électronique : *eros@argentina.com.* Ce n'est pas mal, non. Il faut le faire. C'est tout un programme.

Soudain elle ne sait plus si elle a vraiment envie de rire. Est-ce donc ça, la nuit à Reykjavík? Ses pieds nus sur le parquet, les mêmes, étonnamment, incroyablement mêmes que ceux de sa sœur... Le lit pas défait... La table à roulettes, la nappe blanche, son saumon mi-fumé intact avec sa sauce au raifort… La bouteille de vin blanc presque vide… Les deux bougies consumées… L'enveloppe avec les dix billets sur le bureau… Cette montée d'angoisse à répétition ?

Mais tu ne vas quand même pas passer la nuit à regarder tes pieds et à écouter ce bruit insensé d'ascenseur, Lisbeth ?

Remets tes bottes, ton collant, tu ne vas pas descendre les cuisses nues. Passe-toi un coup de brosse sur les cheveux, voilà… Prends ton manteau, tes gants ! Il y a trois rues à Reykjavík, pas un chat dehors à cette heure-ci, alors fatalement, qu'il le veuille ou non, tu vas bien tomber sur lui. De toute façon, il ne doit pas être bien loin. Où veux-tu qu'il aille ? Il est certainement en train de fumer sur le trottoir devant l'hôtel, comme il y a une semaine exactement, sur l'avenue Scalabrini Ortiz.

# 24

Quel froid de canard, se dit-elle tout de suite à la porte de l'hôtel, en se blottissant dans son manteau et en cachant son visage. Un ciel bas comme un toit, un vent glacial qui souffle en rafales, et — elle a du mal à le croire — un monde fou dans la rue.

Mais que font-ils, ces Islandais, dehors, en pleine nuit ? On dirait qu'ils sont tous là, du premier jusqu'au dernier, à bavarder sur les trottoirs, à fumer en grappes devant les bars, à flâner dans les rues comme si c'était la meilleure chose à faire après minuit.

C'est ce qu'elle lui a dit, Þóra Davidsdóttir, elle s'en souvient maintenant. Elle lui a expliqué que le vendredi soir, après une semaine de travail bien remplie, les gens sortaient. À trois heures du matin, il y a bien plus de monde dehors qu'à trois heures de l'après-midi. Ils ne vont plus manger au restaurant. C'est devenu ridicule, vieux jeu, voire complètement dépassé d'étaler son argent. Un argent qu'ils n'ont plus et que, de toute façon, ils doivent aux Anglais et aux Hollandais.

Ils ont encore la gueule de bois après la faillite monumentale de leurs banques qui ont joué au poker sur les marchés financiers. Des pêcheurs qui ont joué aux traders, voilà ce qu'ils sont. Ce qui ne les empêche pas de boire tout autant, c'est-à-dire grave. Alors il vaut mieux ne pas se promener toute seule au petit matin dans les rues de Reykjavík, surtout en bottes à talons, pas tout à fait indiquées pour marcher sur les trottoirs enneigés.

C'est sûr, elle a raison, la petite Þóra. Sauf qu'elle, Lisbeth, n'a pas vraiment l'intention d'errer pendant des heures dans la nuit de Reykjavík. Elle va juste se dégourdir les jambes, faire le tour du pâté de maisons, histoire de retrouver Eduardo Ros et de mettre les choses au clair. C'était ridicule, la scène dans la salle de bains. Ridicule, inutile, et complètement déplacé. Il n'avait pas à lui faire croire qu'il se masturbait. Il n'avait pas non plus à la fixer avec insolence et calme pendant qu'elle perdait les pédales. Elle perdait les pédales, son sang-froid, son bon sens, et lui n'avait qu'une seule idée, la repousser, la brusquer, la gifler. Elle a bien vu, elle n'est pas aveugle. Même les yeux fermés, elle a senti l'éclat de haine, jeté à sa figure.

Alors il faut qu'elle remette les pendules à l'heure. En continuant tout droit dans la rue, elle va bien tomber sur lui. Il ne peut pas être loin, rien n'est loin à Reykjavík, c'est un mouchoir de poche, ce bled. Il a certainement pensé comme elle : faire quelques pas, s'aérer la tête, se dégourdir les jambes, entendre crisser sous ses pieds... Non, pas entendre crisser sous ses pieds, il ne doit pas connaître ça, lui, vu qu'il ne neige pas souvent à Buenos Aires : fumer une cigarette au bord d'un trottoir en contemplant la nuit devant lui, comme sur Scalabrini Ortiz, il y a une semaine exactement. Voilà à peu près tout ce qu'il peut faire ici : fumer une cigarette, attendre. Il doit bien s'imaginer qu'elle est en train de le chercher.

Elle ne le voit pas. Il n'était pas devant l'hôtel, elle a bien vérifié. Elle ne l'aperçoit pas en remontant cette même rue, et elle continue à regarder avec attention autour d'elle. Il ne semble pas non plus faire les cent pas sur la place devant le café où elle a mangé avec Þóra. C'est bien le seul endroit qu'elle connaisse à Reykjavík : ce café, cette place, la lumière qu'il y fait l'après-midi. Enfin, la lumière qu'il y faisait quand elle est arrivée : rasante, hésitante, noire et blanche, comme si elle se préparait déjà à la nuit.

Quoique, à bien y regarder, ce ne soit pas vraiment une place. C'est une intersection de rues, un agrandissement de ciel, une ouverture de perspectives. Et assurément l'endroit le plus venteux et le plus glacial de Reykjavík. Il ne faut surtout pas qu'elle reste là, pense-t-elle en frissonnant.

Mais où aller? Elle ne va pas faire du tourisme en montant à la cathédrale, un drôle de fantôme blanc qui veille sur la ville. Elle ne va pas descendre vers le lac, ni s'amuser à faire du lèche-vitrines à une heure aussi extravagante. Et encore moins se transformer en statue de glace en attendant qu'un certain Eduardo Ros passe par là.

# 25

Elle pousse la porte du café d'en face. Tu pourrais prendre quelque chose de chaud, Lisbeth. Une tisane. Ou un café plutôt, ce n'est plus l'heure de la tisane. Ce n'est pas l'heure du café non plus, ce n'est plus l'heure de rien. Mais ce sera quand même un café. Un petit noir. Un petit noir bien chaud qui va te remettre en selle. Si évidemment tu arrives à te frayer un chemin jusqu'au bar ou à trouver une petite place dans la salle.

Car elle n'a pas été la seule à avoir l'idée d'entrer dans ce drôle d'endroit qui ressemble plus à un grand appartement, avec miroirs, photos, bouquins et autre bazar, qu'à un bar.

On dirait qu'ils se sont agglutinés là : tous ceux qui, il y a encore peu, flânaient dans les rues glacées comme s'il était deux heures de l'après-midi se sont donné rendez-vous dans ce café. Ils ont enlevé leur bonnet, écharpe, gants et autres mitaines et commandé une bière islandaise. La première, qui sera certainement suivie d'une deuxième, puis d'une troisième, et ainsi de suite, parce que la nuit sera encore longue, et l'on ne sait jamais quelle nouvelle crise peut leur tomber dessus.

Il est peut-être là, lui aussi, pense-t-elle soudain. Il a fait comme elle : il a eu froid, il est entré, il a essayé de se trouver une place quelque part, se dit-elle en commençant à regarder autour d'elle.

— Vous cherchez quelqu'un ? lui lance en anglais un grand Viking blond, vissé sur un tabouret près du bar.

Il porte un bonnet chilien et l'observe avec un air amusé, comme si elle avait mis son manteau à l'envers ou s'était trompée d'endroit.

C'est presque drôle, il a raison. Parce qu'elle aussi se demande ce qu'elle fait là, à deux heures du matin, dans ce bar bondé à Reykjavík, avec ce bruit étourdissant — enfin, eux doivent appeler ça de la musique —, à passer entre les tables, comme elle est en train de faire. À examiner tous ces visages inconnus l'un après l'autre, pour éventuellement, on ne sait jamais, tomber sur celui d'un certain Eduardo Ros. À aller même jeter un coup d'œil au fond de la salle où une dizaine d'Islandais se soutiennent lourdement la tête devant leurs échiquiers.

En plus, il n'est pas là, évidemment. Que pourrait-il faire parmi cette bande d'Islandais débraillés, déjantés et fêtards qui en sont déjà à leur troisième ou quatrième bière ? Ou ces illuminés du fond de la boutique qui jouent aux échecs à deux heures du matin ?

— Il y a encore un étage, si vous voulez...

Qu'est-ce qu'il dit ? Un autre étage ?

— Il faut prendre l'escalier au fond du café, s'écrie le même Viking quand il la voit revenir sur ses pas, continuant à ricaner gentiment sous son bonnet.

Oh, non, non, merci, ça va aller comme ça ! Elle ne va pas commencer à passer à la loupe tous les bars de Reykjavík, rez-de-chaussée et premier étage, qu'est-ce qu'il croit.

Elle ne va pas prendre de café non plus. Ce n'est pas l'heure, non. Puis elle n'est pas sûre de pouvoir supporter longtemps cette musique qui va lui faire exploser les tympans, se dit-elle en sortant, sans se retourner, comme dans la rue de sa sœur, près des Buttes-Chaumont, quand la nuit l'étreignait anxieusement.

## 26

Parce qu'elle continuait à aller chez sa sœur. Elle partait en fin d'après-midi — c'est ça, j'ai un rendez-vous à l'extérieur, Olga —, traversait Paris en métro, longeait le parc, de plus en plus automnal, montait les six étages. Lucie, à l'hôpital de jour pour son immunothérapie ou bien dans son café favori ou bien simplement voulant éviter les ardeurs du ménage de sa sœur, n'était pas là. Mais Lisbeth avait les clés de son appartement. Elle poussait la porte, ôtait son manteau, ses bottes, parfois même sa jupe. Comme chaque fois, elle passait devant la collection de cruches, de cadres ébréchés et de chemises de nuit. Elle ouvrait les fenêtres, essuyait la poussière, lavait les tasses et les verres qui traînaient dans la cuisine ou dans la pièce qui servait de dépôt aux grandes croûtes du Belge et accessoirement de salon. Puis elle allait s'asseoir dans la chambre de Lucie pour regarder ses photos. C'est ça : elle, Lisbeth, qui ne s'est jamais vraiment trop penchée sur les photos de sa sœur, au contraire, elle ne comprenait pas pourquoi on en faisait cas justement, se mettait à les regarder avec attention.

Elle commençait à les connaître, même si Lucie n'arrêtait pas d'en enlever certaines et d'en ajouter de nouvelles. Que photographiez-vous ? Les choses qui vont disparaître. Un bouquet de tulipes. Une pluie de pétales de tournesol dans l'évier. Une araignée géante qui s'est aventurée dans ma baignoire. Un nuage... Un sourire... Un geste... Le visage d'un homme sur les genoux d'une femme... Ma sœur... Moi... Ma peur... Tout cela certes organisé, mis l'un à côté de l'autre, créant un rapport, une tension, une idée, une vision du monde. C'est ça, l'art. Ce ne sont pas que des perles, c'est le fil. Voilà ce qu'aurait dû répondre Lucie Sorel à la question qu'on lui posait d'habitude et à laquelle elle ne savait jamais quelle réponse donner, pensait-elle en contemplant ses photos.

En fait, il y en avait de moins en moins dans sa sélection. Restait quelques vieux incontournables, son chien dans les bras d'un homme chic, trois, quatre *Pensées*, puis Martin, bien sûr, et même Betty, avec la fameuse *Betty au Fumoir*, où elle ne faisait pas la tête, comme disait Lucie, non, ce n'est pas vrai. Elle était plutôt en colère. Car sa sœur était incapable d'arriver à l'heure. Et pourtant c'était bien elle qui lui avait donné le rendez-vous dans ce café, le plus photogénique de Paris, déclarait-elle. Sauf que Lisbeth avait autre chose à faire que méditer devant une tasse de thé près de la fenêtre. Elle avait déjà parcouru tous les journaux et revues, elle avait répondu à ses mails et à ses textos, il y avait au moins cinq bus qui étaient passés depuis qu'elle attendait et Lucie n'était toujours pas là. Alors, évidemment, elle ne sautait pas de joie. Et quand sa petite sotte de sœur s'était enfin pointée devant elle, dans son accoutrement habituel et comme si de rien n'était — enfin, Betty, tu ne vas pas me faire une scène pour quarante minutes, c'est rien, quarante minutes —, elle était en colère, oui, très en colère, et elle n'avait pas envie de desserrer la bouche. Et ce n'était pas son problème si elle voulait soudain prendre quelques photos parce que la lumière était diffuse à souhait et qu'elle aimait sa robe verte à pois et il y avait le bus qui venait d'arriver dans le cadre... Et elle ne voulait pas la regarder, non, elle ne voulait pas sourire non plus. Et c'est vrai qu'elle restera pour toujours figée dans ce café, bras croisés devant elle, cet air de faire la tête, la bouche serrée, et ce bus derrière le dos. Si on a chacun une photo qui nous résume, nous devine et dit quelque chose de décisif sur nous, ce sera peut-être celle-là, la sienne.

Pour une fois, ce n'était pas sa personne qui l'intéressait en premier lieu. Elle voulait revoir la série d'autoportraits de sa sœur. Parce que ce qu'elle a dû rêver, elle se trompait, ce n'était pas ça. Lucie, sa petite sotte de sœur, ne pouvait pas se mettre devant l'objectif de cette façon calme et frontale, sans mise en scène particulière, sans narcissisme ou attendrissement inutile, et écrire en dessous : « je vais mourir ». Elle ne pouvait pas prendre des photos aussi vivantes, vibrantes, tremblantes et formellement impeccables — parce qu'elles n'auraient pas pu être plus vivantes, vibrantes, tremblantes et impeccables en même temps, avec ce sens de la composition et du cadrage qui coupait le souffle — et les intituler : « je vais mourir ». On ne pouvait pas se regarder de cette façon lucide et détachée. Personne ne pouvait le faire, c'était impossible, intenable, insupportable. Et Lucie, sa petite sotte de sœur, qui avait lutté toute sa vie contre ses peurs et ses terreurs, qui s'enfermait dans sa chambre en écoutant Rachmaninov et répétait que cinq heures de l'après-midi était le moment le plus angoissant de la journée, encore moins.

Mais elle ne se trompait pas. Il y en avait d'autres. C'était bien le visage de sa sœur qu'elle tenait dans ses mains. Ses yeux turquoise trop écartés, son grand front avec les deux bosses, son nez en trompette, sa longue bouche comme si elle flottait... Ses cheveux courts qui frisaient sur les tempes et derrière le cou... Son regard qui donnait le frisson... Sa façon de tenir la tête, toujours légèrement inclinée... Sa façon de tenir tête tout court. Sa façon de se sentir vivante.

C'était donc une vraie série, avec un vrai sujet. Une série magnifique avec toujours le même titre, qui voulait dire le contraire : je ne vais pas mourir. Regardez, ça n'existe pas, la mort.

## 27

Mais où vas-tu comme ça, Lisbeth ? Qu'est-ce qui te prend ? Est-ce bien toi, cette silhouette qu'on voit dans les vitrines des restaurants, le long du port ? Cette femme en manteau noir au col relevé, foulard en soie sur la tête, mains dans les poches, marchant seule dans la nuit, gorge nouée, battue par le vent ?

Es-tu sûre que tu n'as rien de mieux à faire que de te promener à trois heures du matin au bord de la mer ? Tu vas abîmer tes bottes à continuer sur ce chemin. Et que dire du vent qui te fouette méchamment, et de cette neige dure de quelques jours qui crisse sous les pieds ? Et de cette mer à côté, masse lourde, noire et grise ? Et de ce ciel, pareil, noir et gris et mat ? Un temps à ne pas mettre son nez dehors, Lisbeth. Ce n'est pas ici que tu vas trouver Ros.

Il y a un phare au loin. Un phare qui zèbre la nuit, quelques voitures qui passent par là, et pas grand monde sur cette promenade qui longe la mer. Deux, trois personnes en train de rentrer chez elles, dans une des maisons aux fenêtres illuminées qui bordent la route. Un ado, son portable vissé à l'oreille, qui a confondu le jour et la nuit. Un vieil insomniaque qui sort son chien à trois heures du matin. Et puis en voilà un autre qui fait la même chose. Tous les autres dorment ou bien sont à la soûlerie collective.

Non, il y a aussi deux silhouettes qui s'approchent au loin, marchant à pas lents comme s'ils avaient tout leur temps. Un couple, parce qu'ils se serrent l'un contre l'autre pour se tenir chaud. Un couple d'amoureux, parce qu'ils s'arrêtent, se parlent, s'embrassent... Un couple d'amoureux transis, parce qu'ils n'arrêtent pas de s'arrêter, de se parler, de s'embrasser, on dirait les deux tourtereaux qu'elle a vus à l'aéroport. Mais c'est eux, ce n'est pas une blague, c'est vraiment eux : la même petite blonde, le même grand allumé, venus la narguer jusque-là... Elle ferme les yeux : qu'ils aillent se bécoter ailleurs, elle ne veut pas les voir.

Et maintenant il n'y a plus personne devant elle, sur ce chemin qui longe la mer et va au phare. En tout cas, c'est sûr que ce n'est pas par ici qu'elle va tomber sur Ros. Il ne doit pas être en train de flâner dans le vent ou de revenir d'une promenade au phare à trois heures du matin comme les deux amoureux, pas léger, sifflotant, mains dans les poches, sa belle gueule offerte au vent, aux nuages, et aux étoiles qui se cachent derrière.

Et c'est tant mieux, pense-t-elle, pressant le pas comme si elle avait un rendez-vous près du phare.

Il ne faudrait pas qu'il aille s'imaginer qu'elle est en train de le chercher. Elle ne le cherche pas. Elle l'a cherché, elle ne va pas dire le contraire : elle a fait les trois rues du centre, elle a attendu sur la place, elle est entrée dans le café le plus couru de la ville, elle est passée entre les tables, est même allée voir dans la pièce au fond... Et puis soudain, comme par magie, c'est fini, elle ne le cherche plus. Il peut faire ce qu'il veut. Il peut se perdre dans les trois rues du centre, se soûler à la bière islandaise, danser le tango, tomber de nouveau sur la jeune Russe et lui faire un sourire débordant, un sourire qui se met à plat ventre et dit : marchez sur moi.

Elle n'est pas venue à Reykjavík pour jouer à l'élastique avec lui. S'il y a quelque chose qu'elle connaît, c'est bien ce jeu-là. Elle le connaît par cœur, les yeux fermés, tous les subterfuges, ruses, subtilités. C'est ce qu'ils font avec Marc Bertaud depuis leur vol inaugural Tokyo-Paris : ils jouent à l'élastique.

Toute leur histoire pourrait se résumer ainsi. Il suffit de se remémorer deux, trois choses. Elle qui, après l'avoir regardé s'éloigner à l'aéroport pour aller retrouver Ghislaine de l'autre côté de la porte vitrée, ne veut pas l'appeler, ce n'est pas un homme pour elle, elle n'est pas stupide à ce point-là. Puis elle le fait quand même, elle est stupide justement, elle l'appelle et vient au rendez-vous à l'hôtel Malher, soudain timide, maladroite. Et lui, pas timide et maladroit du tout, loin de là, prend les choses en main, c'est-à-dire il la prend, elle, il la prend bien, l'alchimie opère, l'air se met à trembler, c'est un enchantement, une fête. La voilà prête à tout pour cet homme délicieusement étranger. Elle sourit toute seule en marchant dans la rue, en prenant le métro, en fendant la foule : le monde est à eux. Mais lui ne l'entend pas de cette oreille. Il y a Ghislaine, il faut être raisonnable, garder les apparences, cloisonner. Le monde n'est pas à eux, loin de là. Il veut bien aller à Lausanne, à Budapest ou, mieux encore, à Istanbul, où il vient d'ouvrir une filiale, mais ce sera tout. Très bien, on va donc à Lausanne, à Budapest et à Istanbul, une fois, deux fois, trois fois... Et quand, au bout de quelque temps, elle n'en veut plus, elle en a marre, ça suffit comme ça, elle y va quand même, pour que Ghislaine n'y aille pas. Après quoi, c'est normal, elle fait la tête, elle n'est pas disponible, elle ne répond pas à ses messages. Alors il finit par s'affoler et lui propose enfin de passer une nuit entière chez elle, fait rarissime, vu que Ghislaine veille sur lui. Et la voilà qui soudain ne veut pas de ce genre de petite victoire et prétexte un empêchement de dernière minute, sachant d'avance qu'elle va le regretter, elle ne va pas dormir et va passer la nuit à ruminer.

Parce qu'elle mérite mieux qu'une courte nuit par-ci par-là, des rencontres dans les hôtels et les week-ends à Istanbul. Parce que ça ne l'amuse plus d'avoir une rivale. C'était stimulant et excitant au début, elle ne va pas dire le contraire. Mais ce n'est pas une raison pour passer sa vie à s'efforcer d'être plus belle, plus drôle, plus intelligente, plus raffinée, plus tout... pour qu'enfin ça saute aux yeux et que Marc se rende à l'évidence : c'est elle qu'il aime, et non Ghislaine. Et quand le lendemain matin elle se regarde dans le miroir, yeux gonflés et mauvais goût dans la bouche, elle n'en est même pas sûre.

Et si ce n'était pas vrai ? pense-t-elle, scrutant le chemin sous ses pieds, et le ciel, de plus en plus noir, comme un grand écran sans fin.

Si elle se trompait, si, depuis le début, elle se voilait la face ? Si ce n'était pas elle qu'il aimait ? Si ce n'était même pas là, la question : l'amour, quel amour, c'est quoi, l'amour ? Cette irritation, cette insatisfaction ? Cette mauvaise humeur dès le matin ? S'il ne faisait que tenir pour qu'elle ne lâche pas ? Parce que si elle lâche, il va lâcher aussi. Et si lui, de son côté, ne tient plus, elle n'est pas certaine de continuer à le faire. Alors ils feraient mieux de ne pas essayer. Il vaut mieux continuer à tenir chacun à son bout pour que l'élastique ne leur saute pas à la figure.

Est-ce donc ainsi que ça marche la plupart du temps entre les hommes et les femmes ? pense-t-elle, avançant toujours vers cette étendue noire, balayée par le phare comme pour passer à l'image suivante.

## 28

— Qu'est-ce que tu fais là, dans le noir, Betty ?
— Rien.
— Comment ça, rien ?

Installée sur le canapé, à côté des bouquins et autre bazar de Lucie, elle attendait. C'était une de ces mauvaises journées de novembre où tout commençait à tourner mal dès le matin, où rien n'allait comme on voulait et où l'on faisait des choses qu'on regrettait par la suite. Arrivée vers six heures, énervée, excédée par des détails qui n'intéressaient personne, enfin si, son chef, Olga et malheureusement elle-même, elle est passée directement dans la cuisine, sans se déshabiller ou se déchausser. Comme d'habitude, elle ne savait pas par où commencer. Ouvrir la fenêtre pour aérer ? Donner un coup de balai ? Débarrasser la table de la cuisine ? Ou bien enlever ce verre de champagne, ces boîtes de médicaments, cette théière, le journal déplié ? Puis ce bouquet de tulipes qui commençaient à baisser la tête ? Qu'est-ce qu'un bouquet de tulipes rampantes — fleur mélancolique par excellence, disait

Lucie — pouvait faire sur la table de la cuisine, à côté de ce verre de champagne, ces médicaments, cette théière, ce journal déplié ?

Finalement, pour une fois, elle n'a touché à rien. Elle n'est pas allée dans la chambre de Lucie pour voir les photos non plus. Elle n'a même pas allumé les deux lampes dans la grande pièce. Toujours avec ses bottes, et son manteau sur les genoux, elle s'est assise sur le canapé. Immobile, elle ne faisait rien justement.

Elle attendait que sa petite sœur rentre et vienne s'installer à côté d'elle. C'est ça, elle allait rentrer — ce devrait être d'un moment à l'autre —, venir jusqu'au canapé, pousser ces bouquins, s'asseoir à côté, puis poser la tête sur ses genoux. Et elles allaient rester ainsi, les deux sœurs Sorel, LS + LS, comme elles avaient écrit autrefois sur la porte, sans bouger, sans rien dire, comme sur leur vieux canapé rue Paul-Bert. Non, elles vont se parler. Elles avaient un tas de choses à se dire. Surtout qu'elles n'avaient plus beaucoup de temps devant elles et que ce n'était pas facile de trouver les mots pour ça justement : qu'elles n'avaient plus beaucoup de temps, qu'elles n'allaient pas vieillir ensemble, qu'il y en avait une qui allait mourir avant l'autre et que c'était... c'était... Elle avait du mal à trouver les mots.

Mais il faudra qu'elle les trouve, se disait-elle en guettant le bruit des pas de sa sœur à la porte. Quand elle les a enfin entendus, beaucoup de pas, trop de pas dans l'entrée, elle a compris que Lucie n'était pas seule.

— Tu m'as fait peur... a-t-elle soufflé, encore à la porte, suivie par Afton Diddens, cheveux ébouriffés, pantalon taché et ses deux bagues, l'une à chaque majeur, se mettant à allumer les lampes l'une après l'autre, comme s'il était chez lui.

On voyait tout de suite que ça n'allait pas. Il y avait de la lassitude dans la voix de sa sœur, une sorte d'énervement qu'elle ne lui connaissait pas. Elle toussotait. Elle avait un tout petit visage d'oiseau, des lèvres sèches, et flottait encore plus que d'habitude dans son éternel pantalon en velours. Et quand elle s'est approchée et s'est enfin assise à côté de Lisbeth sur le canapé, une petite veine bleue s'est mise à palpiter sur son front.

— Je ne veux plus que tu viennes, Betty... a-t-elle dit au bout d'un moment en croisant les bras puis en les décroisant.

— Pourquoi ? Qu'est-ce qui se passe ?

— Tu déplaces tout. Je ne trouve plus rien. Ça ne m'amuse pas. Ça ne m'amuse pas du tout... murmurait-elle avec sa petite voix chuchotante, continuant à croiser et décroiser ses bras.

— Je n'ai touché à rien.

— Arrête, Betty. Tu ne peux pas passer à côté d'une tasse ou d'un verre qui n'est pas là où il doit être. C'est plus fort que toi. Je te connais. Je te connais bien. On a vécu ensemble, tu t'en souviens ?

— Va voir dans la cuisine. Tout est comme tu l'as laissé. Le journal. Ton verre à champagne.

Tu bois du thé dans les verres à champagne, maintenant?

Décidément, elle ne savait pas quoi dire. Elle ne savait pas non plus où poser son regard inquiet et impuissant. Alors elle s'était retournée vers Afton qui passait d'une pièce à l'autre, visiblement à la recherche de quelque chose. Fallait-il vraiment qu'il soit venu? Était-il obligé de faire autant de bruit? Ne pouvait-il pas les laisser seules?

— Je ne serai pas là, la semaine prochaine, Betty.

Elle s'est tournée de nouveau vers Lucie.

— Tu seras où?

— Au service de soins palliatifs, à Villejuif.

— Soins palliatifs?

Elle l'a répété bêtement comme si elle ne savait pas ce que ça voulait dire.

— Il paraît qu'il faut que je me repose pendant quelques jours. C'est vrai que ça ne va pas en ce moment.

Lisbeth mordillait sa lèvre en cherchant désespérément à répondre quelque chose.

— Qu'est-ce qu'il fabrique, Afton? Est-ce qu'il a vraiment besoin de faire autant de bruit? a-t-elle demandé enfin.

— Il cherche ses tomates sur fond jaune.

— Ses tomates? Quelles tomates?

Ça devenait presque comique : Afton Diddens, le petit Belge, enfin, Flamand, le petit Flamand, son pantalon barbouillé et ses bagues aux doigts, cherchait donc ses tomates pendant que sa sœur venait d'annoncer qu'il n'y avait plus rien à faire sinon aller mourir à l'hôpital.

— Il va faire une exposition. On vient d'aller voir la galerie. Ce n'est pas très loin d'ici. Et ce sera parfait pour les grands formats. Tu ne les as pas vues, par hasard, ces tomates ?

— Ses petites tomates écrasées sur fond jaune ?

— C'est ça, oui. Il a regardé partout, tu vois bien ?

— Partout ? Et dans le frigidaire ? Ou dans la poubelle ?

Pendant quelques secondes, elles se sont regardées comme si elles ne savaient pas si elles devaient éclater en rire ou en sanglot.

— Ne sois pas désagréable comme toutes les Élisabeth, Betty... a fini par murmurer Lucie.

— Je m'appelle Lisbeth. Ce n'est pas pareil, tu sais bien... a-t-elle murmuré à son tour.

# 29

Elle s'arrête, reprend son souffle. Mais où va-t-elle comme ça ? Qu'est-ce qu'il lui prend ? C'est quoi, cette folie ?

Que fait-elle ici, seule sur ce chemin caillouteux, seule au milieu de la nuit ? Du reste, ce n'est même pas un chemin. Il n'y a plus de chemin, plus de maisons, plus personne. Ils sont tous rentrés, même les deux amoureux sont bien au chaud maintenant, emmêlés l'un à l'autre dans leur hôtel. Il n'y a plus rien devant elle. Juste le phare, une maison à côté, une plage... Une plage noire. La fin du monde.

Elle ferme les yeux. C'est ce qu'a dit Þóra Davidsdóttir. Enfin, ce n'était pas tout à fait comme ça et ce n'est certainement pas de cette plage-là non plus qu'il s'agit. Mais c'est pareil : là, devant elle, à cette heure-ci, c'est la fin du monde.

Elle frémit. Elle a soudain peur. Un coup de panique dans la gorge, une crampe dans le haut du ventre, un sifflement dans les oreilles. Puis ces gouttes de sueur sur le cuir chevelu. Elle ne peut pas rester là. Elle ne peut plus regarder ce ciel noir, le phare, la minuscule maison, la plage, le vide... Il faut qu'elle fasse demi-tour, qu'elle revienne sur ses pas. Non, il faut qu'elle trouve un autre chemin, elle ne veut pas repasser par le bord de la mer, le long de cette masse grise et indifférente.

Mais oui, se dit-elle en tournant le dos au phare, il y a peut-être un chemin plus court qui coupe par l'intérieur. Elle va le trouver, bien sûr... Contrairement à beaucoup de femmes, elle a un vrai sens de l'orientation. À Istanbul, elle passe d'une colline à l'autre comme si elle était chez elle et ne se laisse pas berner par les chauffeurs de taxi quand elle n'a pas envie de rentrer à pied. À Buenos Aires, c'est plutôt elle qui sert de guide à cette empotée de Silvia, paumée dès qu'elle s'aventure trois rues plus loin que le quartier où elle habite. Et elle ne dit rien de Saint-Pétersbourg ou de Hong Kong. Alors ce n'est pas un mouchoir de poche comme Reykjavík où il y a trois rues, un port, une longue promenade au bord de mer et quelques piscines qui va lui faire peur. En allant vers les lumières de la ville, en traversant ce terrain vague et continuant tout droit, elle va bien finir par rentrer.

Mais qu'est-ce que tu as, Lisbeth ? On dirait que tu trembles...

Non, elle ne tremble pas. Elle est seulement fatiguée. Elle doit avoir faim. Ça fait un moment qu'elle n'a rien mangé. Depuis sa rencontre avec Þóra justement, la petite Islandaise aux yeux rieurs et au nez retroussé, dans le café en remontant la rue de l'hôtel. Þóra, la fille de David, qui lui a conseillé le premier plat sur le menu, le poisson du jour avec des patates chaudes. Qui lui a parlé de la crise qui s'était abattue sur l'Islande, une crise folle, sans précédent, qui les obligeait à ouvrir les yeux et à repenser le monde, essayer au moins, oui, essayer. Et qui — plutôt étonnant si l'on pense qu'elle la voyait pour la première fois de sa vie — lui a prêté sa petite Fiat rouge pour aller voir une plage noire, comme si c'était tout ce qu'elle avait à faire à Reykjavík. Elle, Lisbeth, une femme en crise, sur une île en crise. C'est ça ? Oui, ça doit être ça. Mais c'était quand ? C'était au début de la nuit, c'est-à-dire il y a longtemps.

Mais tu trembles, Lisbeth.

Non, elle ne tremble pas. Il n'est pas facile de marcher avec des bottes à talons entre des touffes d'herbe jaune et la neige durcie. Surtout quand on veut se dépêcher et qu'on ne distingue pas bien où l'on pose ses pieds. Et qu'on n'aime pas particulièrement la traversée de ce vaste terrain vague où l'on entend crier les oiseaux. Non, on n'aime pas du tout, pour le dire franchement. Ça donne froid dans le dos, ça glace le sang, ces cris de mouettes, ces notes stridentes comme un signal d'alarme.

Est-elle sûre qu'elle ne se trompe pas et qu'il faut passer par là ? Son fameux sens de l'orientation n'est-il pas en train de lui jouer un tour ? Est-ce que ce sont vraiment des cris d'oiseaux qu'elle entend, là, dans cette étendue noire où il n'y a pas un arbre, pas un arbuste, pas une âme qui vive ? Et si c'était le vent qui continuait à siffler en imitant des oiseaux invisibles ? Ou bien est-ce tout simplement sa pauvre tête en ébullition qui hallucine et produit des sons effrayants ?

Tu trembles comme une feuille, Lisbeth...

Non, non, ce n'est pas ça. Elle ne tremble pas. Ou mieux : elle ne se pose pas la question de savoir si elle tremble ou non. D'ailleurs elle ne se pose aucune question. Elle s'efforce seulement de marcher aussi vite qu'elle peut, surtout qu'il lui semble apercevoir les premières maisons au loin. Les petites villas cossues aux fenêtres éclairées, comme si on y attendait quelqu'un. Ce qui pourrait vouloir dire qu'elle n'est plus tellement loin et pas tout à fait seule à errer dans la nuit.

Si, elle est seule, se dit-elle quand elle passe enfin devant la première villa, puis devant une autre, et encore une autre... Il n'y a pas un chat debout, tout le monde dort. C'est juste une curieuse coutume islandaise de laisser une fenêtre éclairée pour veiller dans la nuit, pour apaiser les cauchemars et les mauvais esprits, et donner un peu de chaleur et de réconfort aux gens qui passent par là. Mais quelle chaleur, quel réconfort ? Qu'est-ce qu'elle raconte ? Il n'y a aucune chaleur, aucun réconfort, ni dans cette nuit, ni tout court.

Alors ce n'est pas la peine de disserter là-dessus, pense-t-elle en hâtant le pas à travers ce quartier résidentiel plongé dans un coma profond. Elle ne doit plus être tellement loin, maintenant.

Il lui semble même qu'il y a moins de vent et que les oiseaux ne sont plus là. Elle peut enlever son foulard. Encore quelques rues somnolentes et villas comateuses et elle commencera à voir le jour à la sortie du tunnel. Enfin, ce sera toujours la nuit, mais moins noire, forcément. Puisqu'elle ne peut pas être plus noire, c'est impossible. Même si ce n'est pas avec le noir qu'on fait du noir et qu'il y a une lumière qui vient de l'obscurité.

Que veut-elle dire par là ? Elle ne sait pas. Elle se parle pour entendre quelqu'un. Quoiqu'il y ait des voix qui s'approchent au loin.

# 30

Des voix qui s'approchent au loin ? Non, c'est elle qui s'approche. C'est elle qui arrive enfin dans les trois rues qui forment le minuscule centre-ville. Le minuscule centre-ville qui — mais oui, elle ne rêve pas — est plein de monde.

Tous les débraillés, déjantés et obscurs joueurs d'échecs qui, il y a une heure ou deux, se serraient les uns contre les autres dans les bars sont maintenant dehors, sous un ciel de plus en plus bas et lourd. Il ne manque qu'une bonne tempête de neige pour que la coupe soit pleine.

C'en est trop. Elle n'en peut plus. Elle n'arrivera pas à se frayer un chemin parmi tous ces fêtards debout, verre à la main, non, pas verre, bouteille, parlant, gesticulant, chantonnant, chavirant...

Mais que font-ils encore là à cinq heures du matin ? La fête n'a-t-elle pas assez duré ? Ne peuvent-ils pas rentrer se coucher dans leurs villas cossues aux fenêtres éclairées et la laisser tranquille ? Lui, par exemple, ce grand Viking, que veut-il ? Pourquoi la regarde-t-il fixement ? On dirait celui du bar ?

Non, non, ce n'est pas le même, l'autre était plus grand, plus maigre, il avait des cheveux longs sous un bonnet chilien. Et il n'était pas soûl, il ne se penchait pas vers elle comme s'il allait s'écrouler d'un moment à l'autre. Il lui parlait en anglais, tandis que celui-ci bredouille en islandais. *Hæ, sæta, hvað segirðu ? Viltu bjór ? Komdu með í partý ! Það er bara hérna rétt hjá, vinur minn spilar á gítar. Hvað, ert'ekki hress ? Hey veistu hvað gerðist áðan ? Sko... Nei. Ekki fara, þetta verður geðveikt gaman. Nóttin er ung. Hvert ertu að fara ? Bíddu, ég vildi bara vera næs. Hérna, fáðu þér bjór.*

S'il pense qu'elle comprend un seul *biddu... bara... vera... gítar... bjór...* S'il pense qu'elle a envie de l'écouter... S'il pense qu'elle a envie de discuter avec lui... S'il pense qu'elle a peur d'un maigrichon aux taches de rousseur et nez de bébé qui empeste l'alcool et lui récite une saga à cinq heures du matin, qui ne la laisse pas passer, qui la regarde mal, qui a l'air de s'énerver, qui commence à s'énerver, qui va renverser son verre sur elle, qui va se renverser, lui, qui va la bousculer... c'est qu'elle... c'est lui... c'est elle...

Elle croit que c'était lui, se dit-elle, quand, quelques secondes après, elle se retrouve par terre et sent un liquide chaud et gluant dans sa bouche.

— Ça va, Lisbeth ?

Elle ne comprend pas tout de suite. Ce n'est pourtant pas de l'islandais.

— Tu t'es fait mal ? Tu as du sang partout... Viens.

Non, ce n'est pas de l'islandais.

— Et puis tu trembles. Pourquoi tu trembles comme ça ?

Oui, c'est vrai, elle tremble. Et il neige. Il neige à gros flocons.

# 31

Elle ne veut pas ouvrir les yeux, pas encore, pas tout de suite. Elle veut continuer à écouter le bruit de l'eau qui tombe dans la baignoire et sentir son corps se décrisper, se délasser, arrêter de trembler comme une dératée. Il ne faut surtout pas qu'elle bouge. Elle a mal partout. Dans les cervicales, ce qui est normal, elle connaît. Mais il y a aussi cette douleur aiguë à l'épaule, au coude, à la main... Ses yeux qui picotent. Les oreilles qui continuent à siffler.

Et son nez ? Est-ce qu'il a arrêté de saigner ? Non, elle ne le croit pas. Il y a quelque chose de chaud et épais sur sa bouche et son menton. Sauf si c'est de l'eau et du savon et qu'elle ne sache pas faire la différence. Elle verra bien quand elle ouvrira les yeux. Mais pour l'instant, elle ne veut pas bouger. Elle ne veut rien faire. Elle ne veut pas voir Ros non plus.

C'est lui qui l'a ramenée à l'hôtel. Elle n'a pas la moindre idée de ce qu'il a fait pour se retrouver là-bas, près de la place, enfin, près de l'intersection des rues, dans une foule débraillée, au milieu des *biddu... bara... vera... gítar... bjór...* — parce que le maigrichon aux taches de rousseur et nez de bébé continuait à réciter sa saga, même après s'être étalé sur elle de tout son long —, juste au moment où elle avait besoin de lui. Parce qu'elle ne sait pas comment elle aurait fait toute seule. Elle a entendu le bris d'une bouteille, d'autres voix, beaucoup de voix, puis soudain celle de Ros, tout près, comme s'il lui parlait à l'oreille. Enfin, si, il lui a parlé à l'oreille, il était penché sur elle. Il l'a soulevée, il a essuyé son visage avec sa main, il l'a aidée à rentrer à l'hôtel. Ce n'était pas bien loin, cent mètres, cent cinquante, qui lui ont paru mille, surtout qu'il s'était mis à neiger et que l'on ne voyait rien devant soi.

Une fois dans la chambre, il l'a fait asseoir sur le lit. En silence, sans prononcer un seul mot, il a enlevé son manteau, ses bottes. Il lui a apporté un verre d'eau pour rincer sa bouche. Avec une serviette mouillée, il a nettoyé le sang sur son visage, et l'a ensuite posée sur son cou. Puis il a fait couler l'eau dans la baignoire. Il a enlevé son pull. Il a enlevé sa jupe aussi, son soutien-gorge et sa culotte.

C'est ça : c'est lui, Ros, le petit Argentin, le beau gosse, le danseur de tango, qui a enlevé son pull, puis sa jupe, et enfin son soutien-gorge et sa culotte, avec des gestes simples et naturels comme s'il le faisait tous les jours. Il lui a retiré ses lunettes. Il l'a soulevée et l'a posée dans la baignoire. Épuisée, choquée par ce qui venait de se passer, continuant à trembler comme une feuille, elle ne disait rien, se laissant faire, soudain docile, c'est ça, docile, même quand il lui a lavé les cheveux, quand il les a rincés soigneusement, faisant attention à ne pas faire couler l'eau sur son visage. Et maintenant, il est assis à côté d'elle sur le rebord de la baignoire. Il ne dit rien. Il attend.

— Tu ne te masturbes plus ? dit-elle enfin en ouvrant les yeux.

— Ce n'est pas drôle... répond-il, à peine audible.

Si, c'est drôle. Si elle pense qu'il y a quelques heures il était assis là, sur le rebord de la baignoire, la scrutant froidement, méchamment, avec tout le blanc de ses yeux, disant qu'il se masturbait. Et le voilà exactement à la même place, mains sur la baignoire, sa chemise aux manches retroussées toute froissée et mouillée. Sauf qu'il ne la regarde pas froidement, ni méchamment, mais d'un air soucieux et songeur qu'elle ne lui connaît pas. Il lui semble du moins, elle ne voit pas bien sans lunettes.

— Je t'ai cherchée partout. C'est facile de disparaître... dit-il avec sa belle voix à la Carlos Gardel.

— C'est toi qui as disparu.

— Moi ?

— Oui, toi.

Il passe sa main dans son cou comme s'il devait réfléchir avant de répondre.

— Je suis descendu au bar, c'est tout. Je n'ai

même pas pris mon blouson. Ça ne veut pas dire disparaître.

— Si...

Il expire longuement, passe de nouveau une main sur son cou. Ça doit être un tic, cette façon de tripoter son cou, elle ne l'a pas remarqué avant. Elle n'a pas dû le regarder assez attentivement.

— Non, ce n'est pas vrai. Je suis revenu au bout d'un quart d'heure. Tu n'étais plus là. Alors je suis redescendu. Je n'avais aucune idée où tu pouvais être. Aucune. J'ai fait toutes les rues autour de l'hôtel. Je suis allé à la cathédrale, puis au lac...

— À la cathédrale, au lac ?

— Il y a une cathédrale plus haut, puis un lac, gelé, plein de canards... Je n'ai jamais vu autant de canards.

— Que veux-tu que j'aille faire à la cathédrale, au lac ?

— C'est ce que je me suis dit. Elle n'est pas allée à la cathédrale, ni au lac... Et encore moins au port ou au phare, trop loin. Trop froid aussi. Trop de vent...

C'est ça, exactement. Trop loin. Trop froid. Trop de vent. Trop fin du monde. C'était une mauvaise idée. Elle n'a que des mauvaises idées, cette nuit.

— Alors je suis revenu sur mes pas. J'ai pensé que tu étais entrée dans un bar...

Mais oui, elle a pensé la même chose. Ce n'est pas très original, surtout à trois heures du matin.

— Je les ai tous faits, l'un après l'autre... Il faut voir ça, c'est quelque chose. Je peux te dire que je commence à connaître Reykjavík et sa vie nocturne. La musique, l'alcool qui coule à flots... Sauf que je ne savais pas qu'ils étaient aussi fous, ces Islandais. C'est ça, fous, fous à lier... Mais c'est vrai aussi que tu n'avais pas besoin de les provoquer.

— Provoquer ?

Il déboutonne le haut de sa chemise, essuie son front.

— J'ai été à quelques mètres de là, dans la rue qui va à l'hôtel. Je me disais que tu passerais certainement par là pour rentrer. Alors j'ai vu toute la scène.

— Quelle scène ? Qu'est-ce que tu racontes ?

— Que tu l'as cherché. Que tu pouvais passer à côté. Que tu n'avais pas besoin d'être désagréable.

Désagréable ? Il ne peut pas trouver un autre mot ?

— Avec moi aussi, tu a été plutôt désagréable. Depuis que je suis là... Depuis l'aéroport. Même avant, à Buenos Aires...

— À Buenos Aires ?

— Tu ne te souviens plus de la façon dont tu m'as regardé, comment tu m'as parlé ?

— Moi ?

— Oui, toi. C'est pour ça que je suis sorti, tu t'en souviens ?

— Arrête, arrête...

— Ou quand tu as jeté ton enveloppe sur la

table, avec ton air supérieur ? Ou quand tu m'as parlé de ta Silvia...

— Ma Silvia ? Ce n'est pas ma Silvia.

— La mienne non plus. Mais je suis d'accord. On arrête.

— Ce n'est pas ce que je voulais dire.

Il sourit. C'est la première fois depuis le début de la nuit qu'il lui sourit franchement, avec tout le visage, la bouche, les yeux, le front. Puis il se lève pour aller fermer le robinet. Il y a trop d'eau dans la baignoire, il a raison. Il y a trop de vapeur aussi, on dirait un hammam d'Istanbul, où l'on ne voit pas à cinq mètres devant soi, sans parler de tout ce bruit d'eau qui lui casse les oreilles.

— Je ne veux plus me disputer avec toi, Lisbeth. Je suis fatigué. On n'est pas venus là pour ça. Surtout à l'heure qu'il est... dit-il en lui lançant un regard de biais, s'attardant soudain sur son corps comme s'il venait de s'apercevoir qu'elle était toute nue.

C'est vrai qu'elle est toute nue, pense-t-elle en rougissant. Ça fait un moment déjà qu'elle est couchée nue, pitoyable et endolorie, stupide et hébétée, devant les yeux de cet homme qui a tout le loisir de la détailler comme il veut : ses épaules, ses seins, son ventre, ses cuisses, son pubis... Même ses mollets.

À y réfléchir un peu, c'est presque comique : tout à l'heure, au début de la nuit, c'est lui qui était tout nu, et c'était elle qui le regardait. Et maintenant c'est le contraire. C'est juste dommage qu'ils ne le soient pas au même moment.

— Lisbeth...

— Mmmh...

— Est-ce que tu sais quelle heure il est?

Elle a trop chaud, beaucoup trop chaud. Elle remonte dans la baignoire, s'assied et se tourne de nouveau vers lui.

— Il est cinq heures de l'après-midi...

## 32

Il s'approche, se penche vers elle. Interrogateur, intrigué, inquiet, il pose sa main sur son visage : sa longue main souple qu'il fait glisser sur son cou, l'épaule, le début du sein, comme s'il voulait vérifier que tout était bien en place.

Il peut se rassurer, elle n'a pas quarante-cinq de fièvre. Malgré les apparences, c'est-à-dire son état piteux, membres endoloris, yeux gonflés, cheveux mouillés et plaqués au crâne — on dirait Lucie en sortant de la piscine —, elle ne délire pas. Elle ne délire pas du tout, au contraire, elle n'a jamais été aussi lucide. C'est tout embué autour d'eux, mais pas dans sa tête.

— Ma sœur disait que cinq heures de l'après-midi était le moment le plus angoissant de la journée... dit-elle, voix soudain amplifiée par le silence de la salle de bains.

— Ta sœur?

Elle se tourne de nouveau vers lui.

— J'avais une sœur. Une petite sotte de sœur. Elle pouvait dire un tas de choses de ce genre. On se connaissait bien. On a vécu ensemble pendant longtemps. Nos parents sont morts l'un après l'autre quand Lucie avait seize ans.

— Ce n'est pas beaucoup... remarque-t-il en s'approchant un peu plus vers elle.

— Elle est venue vivre chez moi. À vingt ans, vingt-deux, pour être exacte, je me suis retrouvée responsable d'une petite sœur. Ce n'était pas tout à fait ce que je voulais, mais on n'avait pas le choix. On n'avait personne. Si, deux vieilles tantes, qui vivaient en Italie du Nord, demi-sœurs de notre père, dont l'une qui nous téléphonait de temps en temps pour savoir si on mangeait assez, si on se débrouillait toutes seules, si on manquait de quelque chose... Oui, on mangeait, enfin, c'était un chapitre en soi, la nourriture. Mais on se débrouillait. On ne manquait de rien. À vrai dire, on était bien mieux sans parents. On n'avait pas de problèmes de famille, c'était déjà ça. Même si ce n'était pas toujours simple. Lucie ne faisait rien comme les autres. Elle n'aimait pas l'école. Elle avait un tas de petites phobies et d'angoisses. Elle était obstinée, têtue, difficile. Drôle aussi, originale et caustique. Elle m'a appris plein de choses. C'était une belle période de notre vie. La plus belle peut-être. On a tout partagé, même un homme.

— Un homme ?

Oh, non, non, se dit-elle en plongeant la tête sous l'eau. Elle n'a jamais raconté cette histoire à personne, même pas à celle à qui elle aurait dû la raconter, alors ce n'est pas maintenant qu'elle va commencer. Et puis, si elle réfléchit un peu, un tout petit peu, c'est peut-être aussi bien comme ça. Il faut savoir garder les secrets, ne pas tout dire, ne pas céder à la tyrannie de la transparence, même entre sœurs. C'est ce secret qui les rendait encore plus sœurs. Et Lucie le savait, elle n'était pas idiote. Elle savait très bien ce que Martin voulait dire quand il parlait de leur drôle de familiarité. C'est bien pour ça qu'elle a donné ce titre à une de ses plus belles photos. La plus belle peut-être. La plus énigmatique, en tout cas.

— Ma sœur était photographe. Une photographe connue, reconnue. On lui organisait des expositions. On lui a proposé de faire un livre. Il y avait un écrivain italien qui était fou d'elle. Des gens qui achetaient ses tirages, qui collectionnaient les photos de Lucie Sorel. J'ai mis un certain temps à le comprendre et à l'admettre. D'être la sœur de Lucie Sorel. Oui, c'est ça : Lisbeth Sorel, la sœur de Lucie Sorel. Voilà comment il faut dire dorénavant.

Elle passe les mains sur son visage, puis se tourne vers lui. Qu'est-ce qu'il fait ? Est-ce qu'il l'écoute ou bien il la laisse parler pour pouvoir penser tranquillement à autre chose ?

— Lucie aimait beaucoup photographier les gens autour d'elle. Des inconnus dans la rue, dans les parcs, dans les lieux publics. Mais surtout ceux qui lui étaient proches. Martin, ou bien moi. Ou elle-même. Elle disait que c'était avec l'intime qu'on racontait les meilleures histoires. Je ne sais pas tout à fait ce qu'elle voulait dire avec ça. En tout cas, elle voulait raconter quelque chose. Ça ne l'intéressait pas, une bonne photo en soi. Tout le monde peut réussir une photo, disait-elle. Elle voulait quelque chose de plus. Un sujet. Un vrai sujet. La beauté masculine, par exemple. Le temps qui passe. La disparition. Je vais mourir.

Elle passe de nouveau ses mains sur le visage, sur les cheveux... Elle parle trop, elle ne peut pas s'arrêter.

— Un jour d'été, début juillet, le lendemain de son trente-neuvième anniversaire, on lui a diagnostiqué un cancer du rein avec métastases. Un drôle de cadeau d'anniversaire, il faut le dire. D'un moment à l'autre, on a été précipité dans une autre histoire. Je parle pour moi. Parce que Lucie, paradoxalement, faisait tout pour ne pas en faire toute une histoire. On lui a retiré un rein, on a essayé une thérapie qui n'a servi à rien, son médecin était tout sauf optimiste. Et cette petite, qui avait été toute sa vie sujette aux angoisses de toutes sortes, semblait soudain délivrée de quelque chose. C'était comme si elle se disait : c'est donc ça, la vraie peur, la vraie angoisse ? Face à l'idée de la fin, du néant, du monde qui continue sans toi, elle s'est trouvé des ressources insoupçonnées. Elle s'est trouvé un sujet aussi. Elle a commencé une série d'autoportraits. Une série incroyable. Lucie Sorel qui se met en scène, qui se regarde, qui se dit : je suis encore là. Je suis jolie. Je suscite le désir. Je suis vivante. Plus vivante que jamais.

Elle a envie de plonger la tête sous l'eau.

— En tout cas, la peur a changé de camp. C'est moi qui me suis mise à paniquer. Je ne savais pas quoi faire, je manquais complètement d'imagination. Si entre nous deux, il y en avait une qui était forte, qui était à la hauteur de la situation, ce n'était pas moi. S'il y en avait une qui pensait que la vie n'avait jamais été aussi intense, qui goûtait chaque jour, chaque moment, chaque petite chose, ce n'était pas moi non plus. S'il y en avait une qui gardait son calme, son sens de la fatalité et un minimum d'humour, qui était capable de prendre ses médicaments avec un verre de champagne, c'était pareil, pas moi. S'il y en avait une qui supportait le Belge, qui l'aidait même à s'occuper de son exposition pendant qu'elle prenait des analgésiques à la morphine...

— Quel Belge ?

— Oublie ce que je viens de dire. Je ne veux pas parler de lui. Je ne veux même pas prononcer son nom. Je sais bien que je suis injuste. J'ai dû être toujours injuste avec lui. Ma sœur avait quand même un certain goût pour ses hommes. Elle savait ce qu'elle faisait. Il était là quand j'ai parlé avec Lucie la dernière fois. S'il n'était pas venu avec elle, s'il ne s'était pas mis à chercher ses tomates sur je ne sais plus quel fond — je parle d'un tableau à lui —, s'il n'avait pas fait autant de bruit, tout se serait passé différemment. Au moins ce soir-là. C'est sûr. C'est sûr. C'est sûr...

Oh, non, elle ne va pas s'énerver. Elle ne va pas se mettre à répéter trois fois la même chose comme tout à l'heure quand elle croyait qu'il se masturbait.

— Lisbeth...

Cette fois, elle plonge la tête sous l'eau. Il ne faut pas qu'elle se mette à pleurer. Parce que si elle commence, elle ne pourra plus s'arrêter.

— Lisbeth...

Elle va se lever. Ça fait combien de temps qu'elle trempe dans cette eau, en train de se friper comme une vieille pomme ? Elle n'en peut plus de cette baignoire, ni de cette salle de bains, ni de cette nuit.

— Qu'est-ce que tu fais ?

— Je vais sortir de là... J'ai froid.

— Tu as froid ? Attends... Attends un peu.

Il se lève pour prendre une serviette derrière son dos.

— Mais tu pleures... dit-il en l'enveloppant, en lui essuyant le visage.

— Non, non, je ne pleure pas.

Il la tient contre lui, en continuant à passer sa main sur la serviette pour l'essuyer, lui tenir chaud.

— Dis-moi ce qui s'est passé avec Lucie.

Elle s'écarte pour pouvoir le voir en face. Il l'a donc écoutée. Il n'a pas pensé à autre chose.

— Avec ma petite sotte de sœur ?

— Oui.

— Celle qui ne voulait pas aller aux soins palliatifs ? Celle qui pensait que vivre un mois de plus ou un mois de moins ne changeait pas grand-chose ? Celle qui était courageuse, c'est ça, courageuse ? Celle qui ne voulait pas quitter son superbe bazar, son monde à elle, sa matrice, ses cruches, ses fleurs fanées, ses pétales dorés... Celle qui pensait qu'on pouvait mourir en beauté ? Celle qui a pris un supercocktail de barbituriques, analgésiques à la morphine et tout ce qu'elle avait comme cachets de ce genre, avec un verre de veuve-clicquot.

— Verre de quoi ?

— Champagne, mon vieux. Très bon champagne, pendant qu'on y est... Pour trinquer à la mort...

— Qu'est-ce que tu racontes ? Calme-toi, calme-toi...

— Je suis calme. Je ne peux pas être plus calme. Je réponds à ta question, c'est tout. Je te raconte ce qui s'est passé. Deux jours après la soirée avec le Belge, je suis retournée chez elle. J'ai fait les courses au marché. Du pain, de la brioche, du fromage blanc battu... C'était un dimanche. Un dimanche matin. Lucie n'aimait pas les dimanches. Moi non plus. Ça doit venir de nos parents qui se disputaient toujours le dimanche. En tout cas, elle ne répondait pas à mes appels, mais ça, j'étais habituée. Je suis montée chez elle, six étages. C'était fermé, mais j'avais les clés. J'ai pris le long couloir que je connaissais par cœur. J'ai eu soudain un mauvais pressentiment, moi qui ne suis pas intuitive. C'était plutôt rangé, ce qui était curieux pour ma sœur : comme si son bordel magnifique était un signe de vitalité. Cruches, livres, cadres, tout était rangé, empilé, bien à sa place. Il y avait un drôle de silence. Lucie était couchée dans son lit. J'ai d'abord pensé qu'elle dormait. Elle ne dormait pas. Elle était morte, Ros. Morte. Lucie, ma petite sotte de sœur.

## 33

— Lisbeth ! Tu ne vas quand même pas rester assise par terre dans cette salle de bains ? Tu vas prendre froid sur ce carrelage...

Qu'est-ce qu'il raconte ?

— Ça fait trois fois que je te dis la même chose...

Il faudra qu'il le répète encore une fois. Parce qu'elle ne l'a pas entendu. Enfin si, elle a entendu sa voix, chaude et enveloppante — si c'était une couverture, elle se roulerait dedans —, mais elle n'a pas compris ce qu'elle disait. Elle est trop grande, cette salle de bains. Et puis il y a trop de petits carreaux gris qui couvrent les murs jusqu'au plafond. Depuis qu'ils y sont — depuis trop longtemps, c'est sûr —, elle n'a pas remarqué que les murs étaient entièrement carrelés et que la lumière y était aussi crue.

C'est comme avec les photos de Lucie. Parfois elle mettait un temps fou à voir un détail qui changeait tout. Les fenêtres dans la série des *Pensées*. Si on les regarde bien, on voit qu'elles dessinent une géométrie mystérieuse et que la vie derrière elles n'est pas du tout la même d'une photo à l'autre. Ou bien son fameux chien dans les bras d'un homme chic. Il n'est pas endormi, il est mort. Et sur la photo avec la pluie de pétales dorés des tournesols dans le vieil évier blanc en porcelaine, c'est le trou de l'évier et le bouchon qui donnent le sentiment que la vie s'écoule immanquablement, malgré la splendeur des pétales dorés.

— Tu vas prendre froid sur ce carrelage. Viens... On sort d'ici. Il est tard. Il est très tard. C'est bientôt le matin...

Ou bien avec cette nuit à Reykjavík. C'est pareil. Il lui a fallu donc toute une nuit jusqu'au matin pour comprendre que c'était une erreur. C'est ça, c'est le mot : erreur, méprise, suite de mauvaises idées.

Il suffit de les voir là, échoués à sept heures du matin dans cette salle de bains austère et fonctionnelle, on dirait une salle de bains d'hôpital ou de gymnase de banlieue. Elle, assise par terre, endolorie, épuisée, exténuée... Toute nue en plus, les cheveux mouillés, la peau du visage qui tire, serrant contre elle une misérable serviette trempée. Ridicule aussi, dépassée par les événements... Et lui ? Lui aussi par terre, tête entre les mains, fatigué, pâle, les yeux cernés, au moins dans cette lumière froide et peu clémente. Ils ne débordent pas d'ardeur, c'est le moins qu'on puisse dire.

Les voilà donc arrivés au dernier chapitre. Encore quelques heures, et ce sera fini. On va remballer, tirer le rideau, repartir chacun de son côté : lui d'abord, avec un vol à midi, si elle ne se trompe, elle ensuite, quelques heures plus tard dans l'après-midi. C'est donc ça, la nuit à Reykjavík : une silhouette qui s'éloigne, une main qui se lève en signe d'adieu, le bruit des pas qui meurt au loin. Voilà. C'est tout. Elle le déteste.

— Tu ne vas pas continuer à me dire non quand même... Viens, on sort d'ici. Ce n'est pas tout le temps toi qui décides, dit-il avec autorité en se levant d'un coup.

Mais qu'est-ce qu'il fait? Il n'a pas besoin de l'aider. Elle peut se lever toute seule. C'est elle qui décide justement, même si ça ne change rien. Debout ou par terre, c'est la même chose. Ils ne peuvent pas tomber plus bas.

— Pourquoi es-tu venu? demande-t-elle soudain, en essayant de nouer la serviette autour de sa poitrine.

Il s'approche dans son dos et la regarde dans le miroir avec ses yeux de velours comme s'il ne voyait pas de quoi elle parlait. Finalement, il n'est pas petit. Pieds nus, elle lui arrive à peine à la bouche. Il a presque une tête de plus qu'elle. Pourquoi pensait-elle qu'il était petit? Il n'est pas petit. Il est plutôt grand. Il est séduisant aussi, même fatigué et débraillé avec ce chiffon tout froissé et mouillé sur le dos qui est sa chemise. Elle comprend bien que les femmes veulent être dans ses bras.

Tout compte fait, elle n'est pas bien différente des autres : elle voulait faire la même chose, plus encore. Elle voulait qu'il la serre contre lui et l'aide à s'oublier, à sortir de soi.

— Pourquoi es-tu venu ici, à Reykjavík ? répète-t-elle.

Il continue à la contempler comme si lui aussi était en train de découvrir quelque chose, un détail, un tout petit détail qu'il n'avait pas remarqué jusque-là et qui va tout changer.

— Je pense que nous sommes fatigués tous les deux, marmonne-t-il enfin, en expirant longuement.

— Réponds-moi.

— Que veux-tu que je te dise ? Que j'aime l'argent, les voyages ? Que je ne connaissais pas Reykjavík ? Que c'était une nuit bien payée ? Qu'on ne m'a jamais proposé une telle somme, à moi qui fais danser Gricelda, Silvia et les autres ? Ou bien que tu me plaisais ? Tu m'intriguais aussi. Tu ne ressemblais à personne dans cette salle de danse. Alors j'avais envie de te connaître. J'ai été prêt à venir jusqu'ici pour passer une nuit avec toi. Voilà, tu peux choisir entre les deux options.

Elle baisse les yeux et regarde ses pieds nus sur le sol carrelé. Elle ne sait pas comment répondre. D'ailleurs, faut-il le faire ?

— J'ai les mêmes pieds que ma sœur, dit-elle enfin.

Il s'approche un peu plus et l'enlace par-derrière, en l'entourant de ses bras. Elle aime bien son odeur : on dirait de l'herbe humide fraîchement coupée. De l'herbe où l'on ne veut qu'une chose : se coucher, fermer les yeux et ne plus penser.

— Mais tu es glacée... marmonne-t-il.

— Non...

— Bien sûr que si. Puis enlève ça...

— Non...

— C'est tout mouillé. Tu vas prendre froid... dit-il en tirant sur la serviette humide.

— Non, non...

— Viens, on sort d'ici. On va au lit. On va se couvrir. On va se réchauffer. Et puis arrête de dire non, *por favor*! Ne dis plus rien, Betty... dit-il en se tournant vers elle et en posant ses lèvres sur les siennes.

# 34

Elle ouvre les yeux. Où est-elle ? Pourquoi ne voit-elle pas le mince rayon de lumière qui s'immisce par la fente de la jalousie de sa fenêtre ? Comment se fait-il qu'elle soit toute nue ? Que se passe-t-il ? Où est sa chemise de nuit ?

Ce n'est qu'au bout d'un laps de temps difficile à définir — trente secondes, une minute, deux, voire plus — que tout se remet en place dans sa tête. Elle les revoit dans la salle de bains, debout devant le miroir. Elle, Lisbeth, enveloppée dans une serviette humide, cheveux mouillés, yeux qui picotent, peau du visage qui tire, morte de fatigue et d'émotions, au bord de l'épuisement. Et lui, Ros, fatigué aussi, épuisé même, mais tenant encore bon, la tenant contre lui, et soudain l'embrassant sur la bouche pour qu'elle ne puisse plus rien dire.

Est-ce qu'il l'a vraiment embrassée ? L'a-t-il vraiment prise dans ses bras ? L'a-t-il enlacée, caressée, réchauffée ? L'a-t-il vraiment appelée Betty ?

Si, elle se souvient de ce baiser — parce que

c'était quand même un baiser, se dit-elle en sentant un vague sourire sur sa bouche —, puis du moment où il l'a soulevée dans ses bras. Elle se souvient qu'il l'a déposée dans le lit, qu'il est allé éteindre la lumière de la salle de bains. Il est revenu, il s'est déshabillé, il s'est glissé dans le lit. Il lui a dit quelque chose. Il s'est approché... Il a posé ses mains sur son ventre. Il lui semble, oui, qu'il a posé ses mains sur son ventre. Enfin, elle n'en sait rien. Elle n'en sait rien parce qu'elle s'est endormie.

C'est vrai. Elle n'arrive pas à le croire. Elle a donc dormi. Elle a dormi calmement, profondément, comme la plupart des gens normaux. Elle a rêvé même. Un drôle de rêve. Il y avait Lucie, il y avait leurs parents. Ils étaient tous dans une vaste pièce qui sentait le bois, avec un beau vaisselier, un miroir doré et une cheminée. Boris, leur père, grand, sec, un peu voûté, avec sa mèche de cheveux blancs qui lui tombait sur le front, en pull d'hiver comme s'il venait de faire du ski, essayait d'allumer le feu qui n'avait pas l'air de vouloir prendre. Leur mère, Hélène, habillée chaudement, elle aussi, s'affairait autour de la table, sortant de belles assiettes en faïence bleue du vaisselier. C'est la terre de fer, disait-elle avec sa voix chantante. La terre de fer? Lucie était assise sur une marche de l'escalier au milieu de la pièce, contemplant sans rien dire ce qui se passait sous ses yeux comme quand elle était petite. Sauf que, là, elle n'était pas petite. Elle était adulte, avec ses cheveux courts à la Jean Seberg, un pull épais, son pantalon en velours noir et son appareil photo sur les genoux. Quant à Lisbeth, elle ne devait pas être bien loin, puisqu'elle observait la scène en se demandant pourquoi ils avaient tous de gros pulls.

C'est ça : elle ne se demandait pas comment les deux sœurs adultes pouvaient être dans la même pièce que leur père et leur mère, morts depuis longtemps. Elle n'était pas particulièrement surprise non plus par l'ambiance paisible qui régnait dans la pièce : leur père ne cherchait pas la bagarre pour pouvoir sortir et aller faire le tour des bars en ville, et leur mère ne semblait ni triste ni déprimée. Ce qui l'étonnait plutôt était le fait qu'ils étaient tous habillés chaudement, tandis qu'elle portait une petite robe en crêpe de soie, la même que sur la photo au Fumoir, et n'avait pas froid. Non, elle n'avait pas froid du tout, au contraire.

Et lui, Ros? Est-il en train de rêver, lui aussi? En tout cas, il ne bouge pas. Aucun souffle ne perturbe le silence dans la chambre. Il doit dormir, paisiblement, la joue écrasée sur l'oreiller, comme au début de la nuit quand elle s'est assise à côté de lui sur le lit.

Mais comment se fait-il qu'il soit aussi loin, pense-t-elle en tâtant sur l'oreiller. Pourquoi ne le sent-elle pas à côté d'elle? Où est-il?

Elle allume la lampe de chevet. C'est normal qu'elle ne le sente pas à côté d'elle. Il n'est pas là, dit-elle en se levant d'un bond.

Elle se précipite dans la salle de bains : il y a

ses affaires de toilette, des serviettes mouillées par terre. Elle ouvre le placard : il y a son sac de voyage, son manteau, son foulard en soie. Mais il n'y a pas son sac à dos, il n'y a pas son anorak non plus.

Il est donc parti. Il est parti sans la réveiller, sans lui dire au revoir ou quoi que ce soit d'autre, pense-t-elle en s'asseyant sur le lit.

Ce n'est que maintenant qu'elle s'aperçoit qu'il n'y a plus de table à roulettes avec les restes de leur dîner, son saumon froid, la bouteille vide, les bougies creuses... Ils ont dû la retirer pendant qu'ils n'étaient pas là. Finalement, il n'y a plus aucune trace de cette nuit dans la chambre.

Si, il y a son enveloppe sur le bureau. L'enveloppe avec les dix billets de cinq cents euros, exactement à la place où elle l'a laissée. Et les dix billets sont toujours dedans.

Elle ne bouge pas, comme si elle avait besoin de réfléchir. Quelle heure est-il ? Elle met ses lunettes, va chercher sa montre. Il est dix heures. Son avion décolle à midi. Il lui reste donc deux heures. Ce sera juste, très juste, mais on peut le tenter, se dit-elle en mettant l'enveloppe dans son sac.

Elle s'habille à toute vitesse, son collant, sa jupe, son pull. Va dans la salle de bains, se lave les dents, passe de l'eau sur son visage, un peu de crème, un coup de brosse sur ses cheveux. Va prendre son manteau, son foulard. Son sac, bien sûr, avec la clé de la voiture de Þóra Davidsdóttir. Tout le reste, on verra après, se dit-elle en claquant la porte de la chambre et en s'élançant dans le couloir.

Elle n'a pas besoin de courir comme une furie. Est-ce que ça presse à ce point-là ? Trois minutes de plus ou de moins ne vont pas changer grand-chose, se parle-t-elle devant l'ascenseur qui n'a pas l'air de vouloir monter.

Si, si, il monte, sans soupirer même, comme il n'arrêtait pas de le faire cette nuit. Il est là, vide, disponible, allons-y.

— Est-ce que vous avez vu passer un homme, avec un anorak, un sac à dos... demande-t-elle en laissant la clé devant une Islandaise brune à l'accueil.

— Qui ?

— Ros, il s'appelle Ros. Il était avec moi dans la chambre 47.

— Ros ? Ros comme Sigur Rós ?

# 35

Elle regarde sa montre. Il est onze heures moins cinq. Il lui reste à peu près vingt-cinq kilomètres jusqu'à l'aéroport. Il n'y a presque personne sur l'autoroute — tout le monde dort encore — et elle roule aussi vite qu'elle peut. Mais c'est vrai que la voiture de Þóra Davidsdóttir n'avance pas vraiment. Ce n'est pas une Ferrari, non... Et il faudra se garer, trouver la zone d'enregistrement...

Ce sera difficile, voire impossible et, sauf miracle, elle n'y arrivera pas. Mais elle peut toujours essayer. On ne sait jamais. Peut-être attendra-t-il jusqu'au dernier moment pour enregistrer son vol, passer par le contrôle et la police. Tous les voyageurs à destination de Stockholm seront déjà partis de l'autre côté de l'aéroport, sauf lui, Eduardo Ros.

Alors elle pourra lui demander pourquoi il est parti sans rien dire. Elle pourra lui raconter comment elle s'est réveillée, seule dans le grand lit, comment elle a trouvé l'enveloppe avec l'argent et s'est habillée en quelques minutes, son record absolu, elle n'a jamais fait aussi vite. Elle pourra lui répéter le drôle d'échange qu'elle a eu avec la réceptionniste de l'hôtel — Sigur Rós, ça lui dit quelque chose ? — et toute la suite pour retrouver la petite Fiat rouge de Þóra. Parce qu'elle ne savait plus où elle l'avait garée ; et puis elle était toute recouverte de neige. D'ailleurs tout était recouvert de neige ce matin à Reykjavík, pas seulement la voiture de Þóra Davidsdóttir. Elle pourra lui dire aussi que — incroyable, miraculeux — elle a bien dormi. Ça fait longtemps, très longtemps qu'elle n'a pas dormi aussi bien. Elle a rêvé même. Elle a rêvé de ses parents, de Lucie. Ils étaient tous dans une grande pièce, habillés chaudement comme s'ils savaient qu'il neigeait dehors. Ils ne faisaient pas grand-chose, leur mère préparait la table. Mais pour une fois ils avaient l'air plutôt heureux ensemble, ce qui n'avait pas été vrai dans la vie. Ça devait avoir eu lieu certainement, il y a longtemps. Les rêves n'ont visiblement aucune logique temporelle, ni même de logique tout court. Mais ce n'est pas important. Ce qui est important, c'est l'enveloppe avec l'argent. Elle ne sait pas pourquoi il ne l'a pas prise — il doit avoir ses raisons —, mais elle sait pourquoi elle veut la lui donner. Voilà. C'est pour ça qu'elle a roulé comme une folle, enfin, le plus vite qu'elle pouvait avec la vieille Fiat rouge qu'il connaît. C'est pour ça qu'elle était là.

La lumière du jour commence à poindre et dévoile, peu à peu, un nouveau décor. Il a neigé ce matin. Il a neigé abondamment, à gros flocons, comme quand ils sont rentrés ensemble à l'hôtel et qu'ils leur tombaient dans les yeux. Alors ce n'est plus le chaos volcanique, ce n'est plus le Stromboli aride de Rossellini ou le désert sans couleurs qu'elle voit autour d'elle, mais une étendue blanche à perte de vue. Ce qui hier encore était lunaire et angoissant et désolant est devenu soudain calme, apaisant et rassurant sous la chaude couverture neigeuse. Même le bruit de la voiture de Þóra n'est plus le même. Tout est assourdi, blanc, nouvellement né sur la péninsule de Keflavík.

Et puis il y a cette lueur bleu et rose et mauve qui gagne au loin. On dirait un Rothko comme quand elle voyage en avion et contemple les bandes de couleurs nues et intenses qui se dessinent à l'horizon et font vibrer tout le ciel. Sauf que là il est descendu sur terre, devant ses yeux. Un Rothko mauve et bleu et rose, pas tout à fait dans cet ordre, ni en bandes séparées, mais se mélangeant subtilement, le bleu se fondant dans le mauve et le mauve dans le rose, comme si rien n'était vraiment tranché ou arrêté sur cette terre et que tout passait d'un état à l'autre, immanquablement, avec grâce.

Mais elle n'a pas le temps de se perdre dans la contemplation. Il faut se dépêcher et accélérer, car elle est loin d'être arrivée. Même si, finalement, elle aime bien ça, rouler vite et regarder filer ce désert blanc à toute allure devant ses yeux. Si elle n'était pas pressée à ce point-là, elle mettrait de la musique. Rachmaninov. *Rhapsodie sur un thème de Paganini.*

Il est onze heures et demi. Il fait jour, le ciel est bleu et l'aéroport n'est plus tellement loin. Encore quelques kilomètres. Une dizaine de minutes. Vas-y, Lisbeth, fonce.

Elle déboutonne son manteau et jette un coup d'œil sur son visage dans le rétroviseur. Est-ce bien toi, cette femme dans le miroir ? se demande-t-elle, comme si soudain elle ne se reconnaissait pas. Que se passe-t-il ? C'est peut-être cette lumière nacrée qui réveille son teint. La vitesse et l'excitation qui font venir les couleurs aux joues. Ce front dégagé, les cheveux qui partent dans tous les sens, les yeux qui brillent, et cette bouche qui n'est pas tendue, non, loin de là, qui lui donnent cet air échevelé et radieux qu'elle ne se connaît pas.

Curieusement, elle n'est pas fatiguée. Elle a juste faim. Ça fait longtemps qu'elle n'a pas eu faim à ce point-là. Mais ce n'est pas le moment d'y penser. Ce n'est pas le moment non plus de répondre au téléphone qui s'est mis à sonner dans son sac.

Mais qui peut bien l'appeler, un samedi à midi, à Reykjavík ? Marc, se retrouvant tout à coup avec un trou dans son après-midi et voulant bien le remplir avec elle ? Silvia et son besoin narcissique de vivre devant les yeux de quelqu'un ? Ou bien Mehdi, le seul capable de l'appeler pour rien, juste pour entendre sa voix et demander si tout va bien.

Oui, tout va bien, très bien même, elle vient d'assister à la naissance du jour, une naissance magique, miraculeuse, elle n'a jamais vu la nuit devenir jour de cette façon éclatante et silencieuse. Il a fallu donc qu'elle vienne en Islande pour le découvrir. Mais elle va lui raconter tout ça de vive voix une fois rentrée à Paris, parce que, à présent, elle n'a pas une seconde à perdre. Elle n'est là pour personne, c'est-à-dire elle est là pour voir si elle peut arriver à temps à l'aéroport. Après quoi, elle aura tout son temps pour manger, pour parler au téléphone...

Mais d'abord il faut qu'elle se gare. Voilà... Il faut qu'elle sorte, qu'elle ferme la voiture. Et maintenant...

# 36

... maintenant, Lisbeth, il faut courir.

Il faut essayer de faire plus vite que Rachmaninov. Passer entre les gens, leurs valises et sacs à dos. Pousser la porte d'entrée, continuer à slalomer entre les voyageurs et leurs bagages. Se précipiter vers le tableau des départs. Parcourir les annonces. Il y a plusieurs vols retardés, dont celui de Lufthansa à destination de Stockholm. Une demi-heure. Une demi-heure de gagnée, grâce à la neige, se dit-elle en soufflant longuement.

C'est ce qu'est en train d'annoncer la voix du haut-parleur, d'abord en islandais, puis en anglais. Trente minutes. Ce n'est pas beaucoup, pense-t-elle, mais peut-être assez pour le trouver parmi tous ces gens qui se pressent dans le grand hall.

La voix islandaise continue à égrener les annonces. Mais elle ne les entend plus. Enfin, si, elle les entend, mais comme un bruit assourdi, lointain. Manteau sous le bras parce qu'elle a chaud, elle avance parmi tous ces gens dans le hall, qui, pour la plupart, ressemblent à ceux qu'elle a déjà vus. De jeunes familles, père, mère, trois enfants. Des grands-pères, des grand-mères qui partent en vacances au soleil. Des hommes d'affaires et autres experts financiers, accourus sans doute au chevet de l'Islande depuis qu'elle est malade. Des touristes qui rentrent chez eux, avec des pulls et des écharpes de Þóra dans leurs valises. Puis, peut-être, on ne sait jamais, la petite blonde venue accompagner son amoureux. Elle les a déjà vus deux fois, pourquoi pas une troisième ?

Et lui, Ros, où est-il ? Eduardo Ros qu'elle attendait dans ce même aéroport, il y a quelques heures, vingt exactement, pour passer une longue nuit avec lui. Voilà, c'est fait. La nuit, certainement la plus longue de toute sa vie, est derrière eux. La plus folle, la plus intense, la plus sombre, la plus désespérée. Et puis finalement, à sa sortie, la plus lumineuse, presque miraculeuse, comme si le noir de la nuit rendait le soleil plus fort.

Il fait jour maintenant. Un grand jour bleu qui s'est installé pour quelques heures. Et elle est de nouveau là, à cette même place où tout a commencé.

Il ne leur reste qu'à retourner chacun de son côté, lui à Buenos Aires, elle à Paris. Dès lundi, elle va reprendre son travail chez Lufthansa. « Avez-vous passé un bon week-end, madame Sorel ? va demander Olga en lui apportant son premier café. — Oui, j'ai passé un bon week-end, Olga », va-t-elle répondre, sans détourner la tête de l'écran de son ordinateur. Puis elle va s'occuper des photos de sa sœur. Il faudra terminer la sélection pour son livre, prendre rendez-vous avec l'écrivain italien. Ce n'est pas une spécialiste, mais elle les a beaucoup regardées ces derniers temps, alors elle pense qu'elle saura s'y prendre. Elle ne veut pas que ce soit le petit Afton : il faut bien garder quelques inimitiés pour se sentir vivant.

Et lui, de son côté, va revenir sur les pistes du tango de Buenos Aires pour faire danser toutes ces dames. Il faut bien qu'il gagne sa vie. Jeudi soir, ce sera avec Gricelda. Et le reste de la semaine, avec toutes celles qu'il connaît, et celles qu'il ne connaît pas encore. Il y a ses gamins des bidonvilles aussi qui l'attendent pour qu'il leur donne des cours de tango. Il aime bien transmettre ce qu'on lui a transmis à lui. C'est ça, le tango, une histoire de transmission. En tout cas, ils ne se reverront probablement jamais. Elle devra donc comprendre toute seule pourquoi il n'a pas pris l'argent qu'elle avait préparé pour lui.

Parce qu'il n'est pas là. Elle ne le voit pas. Pourtant elle a traversé le hall dans les deux sens. Elle a regardé partout, même dans les deux cafétérias et chez le marchand de journaux. Il est parti.

D'ailleurs, pourquoi veut-elle qu'il l'attende, et ce jusqu'au dernier appel ? Passager Eduardo Ros est attendu pour l'embarquement immédiat du vol Lufthansa à destination de Stockholm.

Mais oui, Lisbeth, se dit-elle en se dirigeant enfin vers la porte de sortie. Quelle drôle d'idée quand même. Mais ce n'est pas bien grave. Tu l'as fait. Tu es venue jusqu'ici. Il ne te reste qu'à reprendre la petite Fiat rouge de Þóra et à rentrer.

Non, tu peux faire encore quelque chose, Lisbeth, se dit-elle en s'arrêtant devant la porte. D'ailleurs, c'est peut-être pour ça que tu as fait toute cette route. Pour pouvoir faire un détour par la plage noire. Sauf que là, avec toute la neige qui est tombée, et avec ce grand soleil, elle ne sera pas noire. Et ce sera sans aucun doute le commencement du monde.

*Paris, février 2011*

## DU MÊME AUTEUR

*Aux Éditions Gallimard*

CON BRIO, *roman*, 1999

MORT D'UNE PRIMA DONNA SLOVÈNE, *roman*, 2001

MORENO, *récit*, 2003

UN CŒUR DE TROP, *roman*, 2006 (Folio n° 4633)

COCO DIAS OU LA PORTE DORÉE, *roman*, 2007 (Folio n° 4838).

PETIT ÉLOGE DE LA RUPTURE, *récit*, 2009 (Folio 2 € n° 4961)

UNE NUIT À REYKJAVÍK, *roman*, 2011 (Folio n° 5573)

VISAGE SLOVÈNE, *récit*, 2013

# COLLECTION FOLIO

*Dernières parutions*

| | |
|---|---|
| 5291. Jean-Michel Delacomptée | *Petit éloge des amoureux du silence* |
| 5292. Mathieu Terence | *Petit éloge de la joie* |
| 5293. Vincent Wackenheim | *Petit éloge de la première fois* |
| 5294. Richard Bausch | *Téléphone rose* et autres nouvelles |
| 5295. Collectif | *Ne nous fâchons pas ! Ou L'art de se disputer au théâtre* |
| 5296. Collectif | *Fiasco ! Des écrivains en scène* |
| 5297. Miguel de Unamuno | *Des yeux pour voir* |
| 5298. Jules Verne | *Une fantaisie du docteur Ox* |
| 5299. Robert Charles Wilson | *YFL-500* |
| 5300. Nelly Alard | *Le crieur de nuit* |
| 5301. Alan Bennett | *La mise à nu des époux Ransome* |
| 5302. Erri De Luca | *Acide, Arc-en-ciel* |
| 5303. Philippe Djian | *Incidences* |
| 5304. Annie Ernaux | *L'écriture comme un couteau* |
| 5305. Élisabeth Filhol | *La Centrale* |
| 5306. Tristan Garcia | *Mémoires de la Jungle* |
| 5307. Kazuo Ishiguro | *Nocturnes. Cinq nouvelles de musique au crépuscule* |
| 5308. Camille Laurens | *Romance nerveuse* |
| 5309. Michèle Lesbre | *Nina par hasard* |
| 5310. Claudio Magris | *Une autre mer* |
| 5311. Amos Oz | *Scènes de vie villageoise* |
| 5312. Louis-Bernard Robitaille | *Ces impossibles Français* |
| 5313. Collectif | *Dans les archives secrètes de la police* |
| 5314. Alexandre Dumas | *Gabriel Lambert* |

| | | |
|---|---|---|
| 5315. | Pierre Bergé | *Lettres à Yves* |
| 5316. | Régis Debray | *Dégagements* |
| 5317. | Hans Magnus Enzensberger | *Hammerstein ou l'intransigeance* |
| 5318. | Éric Fottorino | *Questions à mon père* |
| 5319. | Jérôme Garcin | *L'écuyer mirobolant* |
| 5320. | Pascale Gautier | *Les vieilles* |
| 5321. | Catherine Guillebaud | *Dernière caresse* |
| 5322. | Adam Haslett | *L'intrusion* |
| 5323. | Milan Kundera | *Une rencontre* |
| 5324. | Salman Rushdie | *La honte* |
| 5325. | Jean-Jacques Schuhl | *Entrée des fantômes* |
| 5326. | Antonio Tabucchi | *Nocturne indien* (à paraître) |
| 5327. | Patrick Modiano | *L'horizon* |
| 5328. | Ann Radcliffe | *Les Mystères de la forêt* |
| 5329. | Joann Sfar | *Le Petit Prince* |
| 5330. | Rabaté | *Les petits ruisseaux* |
| 5331. | Pénélope Bagieu | *Cadavre exquis* |
| 5332. | Thomas Buergenthal | *L'enfant de la chance* |
| 5333. | Kettly Mars | *Saisons sauvages* |
| 5334. | Montesquieu | *Histoire véritable et autres fictions* |
| 5335. | Chochana Boukhobza | *Le Troisième Jour* |
| 5336. | Jean-Baptiste Del Amo | *Le sel* |
| 5337. | Bernard du Boucheron | *Salaam la France* |
| 5338. | F. Scott Fitzgerald | *Gatsby le magnifique* |
| 5339. | Maylis de Kerangal | *Naissance d'un pont* |
| 5340. | Nathalie Kuperman | *Nous étions des êtres vivants* |
| 5341. | Herta Müller | *La bascule du souffle* |
| 5342. | Salman Rushdie | *Luka et le Feu de la Vie* |
| 5343. | Salman Rushdie | *Les versets sataniques* |
| 5344. | Philippe Sollers | *Discours Parfait* |
| 5345. | François Sureau | *Inigo* |
| 5346 | Antonio Tabucchi | *Une malle pleine de gens* |
| 5347. | Honoré de Balzac | *Philosophie de la vie conjugale* |
| 5348. | De Quincey | *Le bras de la vengeance* |
| 5349. | Charles Dickens | *L'Embranchement de Mugby* |

| | |
|---|---|
| 5350. Epictète | *De l'attitude à prendre envers les tyrans* |
| 5351. Marcus Malte | *Mon frère est parti ce matin...* |
| 5352. Vladimir Nabokov | *Natacha et autres nouvelles* |
| 5353. Conan Doyle | *Un scandale en Bohême* suivi de *Silver Blaze. Deux aventures de Sherlock Holmes* |
| 5354. Jean Rouaud | *Préhistoires* |
| 5355. Mario Soldati | *Le père des orphelins* |
| 5356. Oscar Wilde | *Maximes et autres textes* |
| 5357. Hoffmann | *Contes nocturnes* |
| 5358. Vassilis Alexakis | *Le premier mot* |
| 5359. Ingrid Betancourt | *Même le silence a une fin* |
| 5360. Robert Bobert | *On ne peut plus dormir tranquille quand on a une fois ouvert les yeux* |
| 5361. Driss Chraïbi | *L'âne* |
| 5362. Erri De Luca | *Le jour avant le bonheur* |
| 5363. Erri De Luca | *Première heure* |
| 5364. Philippe Forest | *Le siècle des nuages* |
| 5365. Éric Fottorino | *Cœur d'Afrique* |
| 5366. Kenzaburô Ôé | *Notes de Hiroshima* |
| 5367. Per Petterson | *Maudit soit le fleuve du temps* |
| 5368. Junichirô Tanizaki | *Histoire secrète du sire de Musashi* |
| 5369. André Gide | *Journal. Une anthologie (1899-1949)* |
| 5370. Collectif | *Journaux intimes. De Madame de Staël à Pierre Loti* |
| 5371. Charlotte Brontë | *Jane Eyre* |
| 5372. Héctor Abad | *L'oubli que nous serons* |
| 5373. Didier Daeninckx | *Rue des Degrés* |
| 5374. Hélène Grémillon | *Le confident* |
| 5375. Erik Fosnes Hansen | *Cantique pour la fin du voyage* |
| 5376. Fabienne Jacob | *Corps* |
| 5377. Patrick Lapeyre | *La vie est brève et le désir sans fin* |
| 5378. Alain Mabanckou | *Demain j'aurai vingt ans* |

| | |
|---|---|
| 5379. Marguerite Duras François Mitterrand | *Le bureau de poste de la rue Dupin* et autres entretiens |
| 5380. Kate O'Riordan | *Un autre amour* |
| 5381. Jonathan Coe | *La vie très privée de Mr Sim* |
| 5382. Scholastique Mukasonga | *La femme aux pieds nus* |
| 5383. Voltaire | *Candide ou l'Optimisme. Illustré par Quentin Blake* |
| 5384. Benoît Duteurtre | *Le retour du Général* |
| 5385. Virginia Woolf | *Les Vagues* |
| 5386. Nik Cohn | *Rituels tribaux du samedi soir et autres histoires américaines* |
| 5387. Marc Dugain | *L'insomnie des étoiles* |
| 5388. Jack Kerouac | *Sur la route. Le rouleau original* |
| 5389. Jack Kerouac | *Visions de Gérard* |
| 5390. Antonia Kerr | *Des fleurs pour Zoë* |
| 5391. Nicolaï Lilin | *Urkas! Itinéraire d'un parfait bandit sibérien* |
| 5392. Joyce Carol Oates | *Zarbie les Yeux Verts* |
| 5393. Raymond Queneau | *Exercices de style* |
| 5394. Michel Quint | *Avec des mains cruelles* |
| 5395. Philip Roth | *Indignation* |
| 5396. Sempé-Goscinny | *Les surprises du Petit Nicolas. Histoires inédites-5* |
| 5397. Michel Tournier | *Voyages et paysages* |
| 5398. Dominique Zehrfuss | *Peau de caniche* |
| 5399. Laurence Sterne | *La Vie et les Opinions de Tristram Shandy, Gentleman* |
| 5400. André Malraux | *Écrits farfelus* |
| 5401. Jacques Abeille | *Les jardins statuaires* |
| 5402. Antoine Bello | *Enquête sur la disparition d'Émilie Brunet* |
| 5403. Philippe Delerm | *Le trottoir au soleil* |
| 5404. Olivier Marchal | *Rousseau, la comédie des masques* |

5432. Jean Hatzfeld — *Où en est la nuit*
5433. Gavino Ledda — *Padre Padrone. L'éducation d'un berger Sarde*
5434. Andrea Levy — *Une si longue histoire*
5435. Marco Mancassola — *La vie sexuelle des super-héros*
5436. Saskia Noort — *D'excellents voisins*
5437. Olivia Rosenthal — *Que font les rennes après Noël?*
5438. Patti Smith — *Just Kids*
5439. Arthur de Gobineau — *Nouvelles asiatiques*
5440. Pierric Bailly — *Michael Jackson*
5441. Raphaël Confiant — *La Jarre d'or*
5442. Jack Kerouac — *Visions de Cody*
5443. Philippe Le Guillou — *Fleurs de tempête*
5444. François Bégaudeau — *La blessure la vraie*
5445. Jérôme Garcin — *Olivier*
5446. Iegor Gran — *L'écologie en bas de chez moi*
5447. Patrick Mosconi — *Mélancolies*
5448. J.-B. Pontalis — *Un jour, le crime*
5449. Jean-Christophe Rufin — *Sept histoires qui reviennent de loin*
5450. Sempé-Goscinny — *Le Petit Nicolas s'amuse*
5451. David Vann — *Sukkwan Island*
5452. Ferdinand Von Schirach — *Crimes*
5453. Liu Xinwu — *Poussière et sueur*
5454. Ernest Hemingway — *Paris est une fête*
5455. Marc-Édouard Nabe — *Lucette*
5456. Italo Calvino — *Le sentier des nids d'araignées* (à paraître)
5457. Italo Calvino — *Le vicomte pourfendu*
5458. Italo Calvino — *Le baron perché*
5459. Italo Calvino — *Le chevalier inexistant*
5460. Italo Calvino — *Les villes invisibles* (à paraître)
5461. Italo Calvino — *Sous le soleil jaguar* (à paraître)
5462. Lewis Carroll — *Misch-Masch* et autres textes de jeunesse
5463. Collectif — *Un voyage érotique. Invitation à l'amour dans la littérature du monde entier*

| | |
|---|---|
| 5464. François de La Rochefoucauld | *Maximes* suivi de *Portrait de de La Rochefoucauld par lui-même* |
| 5465. William Faulkner | *Coucher de soleil* et autres Croquis de La Nouvelle-Orléans |
| 5466. Jack Kerouac | *Sur les origines d'une génération* suivi de *Le dernier mot* |
| 5467. Liu Xinwu | *La Cendrillon du canal* suivi de *Poisson à face humaine* |
| 5468. Patrick Pécherot | *Petit éloge des coins de rue* |
| 5469. George Sand | *Le château de Pictordu* |
| 5470. Montaigne | *Sur l'oisiveté* et autres Essais en français moderne |
| 5471. Martin Winckler | *Petit éloge des séries télé* |
| 5472. Rétif de La Bretonne | *La Dernière aventure d'un homme de quarante-cinq ans* |
| 5473. Pierre Assouline | *Vies de Job* |
| 5474. Antoine Audouard | *Le rendez-vous de Saigon* |
| 5475. Tonino Benacquista | *Homo erectus* |
| 5476. René Fregni | *La fiancée des corbeaux* |
| 5477. Shilpi Somaya Gowda | *La fille secrète* |
| 5478. Roger Grenier | *Le palais des livres* |
| 5479. Angela Huth | *Souviens-toi de Hallows Farm* |
| 5480. Ian McEwan | *Solaire* |
| 5481. Orhan Pamuk | *Le musée de l'Innocence* |
| 5482. Georges Perec | *Les mots croisés* |
| 5483. Patrick Pécherot | *L'homme à la carabine. Esquisse* |
| 5484. Fernando Pessoa | *L'affaire Vargas* |
| 5485. Philippe Sollers | *Trésor d'Amour* |
| 5487. Charles Dickens | *Contes de Noël* |
| 5488. Christian Bobin | *Un assassin blanc comme neige* |
| 5490. Philippe Djian | *Vengeances* |
| 5491. Erri De Luca | *En haut à gauche* |
| 5492. Nicolas Fargues | *Tu verras* |
| 5493. Romain Gary | *Gros-Câlin* |
| 5494. Jens Christian Grøndahl | *Quatre jours en mars* |

5495. Jack Kerouac — *Vanité de Duluoz. Une éducation aventureuse 1939-1946*
5496. Atiq Rahimi — *Maudit soit Dostoïevski*
5497. Jean Rouaud — *Comment gagner sa vie honnêtement. La vie poétique, I*
5498. Michel Schneider — *Bleu passé*
5499. Michel Schneider — *Comme une ombre*
5500. Jorge Semprun — *L'évanouissement*
5501. Virginia Woolf — *La Chambre de Jacob*
5502. Tardi-Pennac — *La débauche*
5503. Kris et Étienne Davodeau — *Un homme est mort*
5504. Pierre Dragon et Frederik Peeters — *R G Intégrale*
5505. Erri De Luca — *Le poids du papillon*
5506. René Belleto — *Hors la loi*
5507. Roberto Calasso — *K.*
5508. Yannik Haenel — *Le sens du calme*
5509. Wang Meng — *Contes et libelles*
5510. Julian Barnes — *Pulsations*
5511. François Bizot — *Le silence du bourreau*
5512. John Cheever — *L'homme de ses rêves*
5513. David Foenkinos — *Les souvenirs*
5514. Philippe Forest — *Toute la nuit*
5515. Éric Fottorino — *Le dos crawlé*
5516. Hubert Haddad — *Opium Poppy*
5517. Maurice Leblanc — *L'Aiguille creuse*
5518. Mathieu Lindon — *Ce qu'aimer veut dire*
5519. Mathieu Lindon — *En enfance*
5520. Akira Mizubayashi — *Une langue venue d'ailleurs*
5521. Jón Kalman Stefánsson — *La tristesse des anges*
5522. Homère — *Iliade*
5523. E.M. Cioran — *Pensées étranglées* précédé du *Mauvais démiurge*
5524. Dôgen — *Corps et esprit. La Voie du zen*
5525. Maître Eckhart — *L'amour est fort comme la mort* et autres textes

| | |
|---|---|
| 5526. Jacques Ellul | *«Je suis sincère avec moi-même»* et autres lieux communs |
| 5527. Liu An | *Du monde des hommes. De l'art de vivre parmi ses semblables.* |
| 5528. Sénèque | *De la providence* suivi de *Lettres à Lucilius (lettres 71 à 74)* |
| 5529. Saâdi | *Le Jardin des Fruits. Histoires édifiantes et spirituelles* |
| 5530. Tchouang-tseu | *Joie suprême* et autres textes |
| 5531. Jacques de Voragine | *La Légende dorée. Vie et mort de saintes illustres* |
| 5532. Grimm | *Hänsel et Gretel* et autres contes |
| 5533. Gabriela Adameşteanu | *Une matinée perdue* |
| 5534. Eleanor Catton | *La répétition* |
| 5535. Laurence Cossé | *Les amandes amères* |
| 5536. Mircea Eliade | *À l'ombre d'une fleur de lys...* |
| 5537. Gérard Guégan | *Fontenoy ne reviendra plus* |
| 5538. Alexis Jenni | *L'art français de la guerre* |
| 5539. Michèle Lesbre | *Un lac immense et blanc* |
| 5540. Manset | *Visage d'un dieu inca* |
| 5541. Catherine Millot | O Solitude |
| 5542. Amos Oz | *La troisième sphère* |
| 5543. Jean Rolin | *Le ravissement de Britney Spears* |
| 5544. Philip Roth | *Le rabaissement* |
| 5545. Honoré de Balzac | *Illusions perdues* |
| 5546. Guillaume Apollinaire | *Alcools* |
| 5547. Tahar Ben Jelloun | *Jean Genet, menteur sublime* |
| 5548. Roberto Bolaño | *Le Troisième Reich* |
| 5549. Michaël Ferrier | *Fukushima. Récit d'un désastre* |
| 5550. Gilles Leroy | *Dormir avec ceux qu'on aime* |
| 5551. Annabel Lyon | *Le juste milieu* |
| 5552. Carole Martinez | *Du domaine des Murmures* |
| 5553. Éric Reinhardt | *Existence* |
| 5554. Éric Reinhardt | *Le système Victoria* |
| 5555. Boualem Sansal | *Rue Darwin* |
| 5556. Anne Serre | *Les débutants* |
| 5557. Romain Gary | *Les têtes de Stéphanie* |

*Composition CMB Graphic*
*Impression Maury Imprimeur*
*45330 Malesherbes*
*le 5 septembre 2013.*
*Dépôt légal : septembre 2013.*
*Numéro d'imprimeur : 184364.*

ISBN 978-2-07-045259-0. / Imprimé en France.

251350